クリスティー文庫
67

検察側の証人

アガサ・クリスティー
加藤恭平訳

Agatha Christie®

早 川 書 房

5401

WITNESS FOR THE PROSECUTION
by
Agatha Christie

Translated by
Kyohei Kato
Published 2021 in Japan by
HAYAKAWA PUBLISHING, INC.
This book is published in Japan by
arrangement with
AGATHA CHRISTIE LIMITED
through TIMO ASSOCIATES, INC.

作者の言葉

『検察側の証人』は登場人物がとても多く、アマチュア劇団やレパートリー・システムの劇団では、座組みを縮小しないと上演できない場合もあるでしょう。その点、そうした劇団の方々の〝やりくり上手《じょうず》〟には、全幅《ぜんぷく》の信頼を置いておりますし、私の〝人員削減計画〟も、〝いろいろなアイディアの一つ〟にすぎないかもしれませんが、ご参考までに……。

台詞《せりふ》のない役もかなりあり、そうした役は、地方公演などの場合なら、その地のアマチュア俳優を起用するのもよいでしょうし、観客に舞台に上がってもらうのも一つの方法です。大勢の人達が出廷しているという〝壮観〟を失うよりも、その方が、演劇的には効果があると思います。

ただ、グリータの役は、〝もう一人の女〟、つまり、第三幕二場のイチゴ・ブロンドの女性と出番は重なりませんが、この二人の人物をダブル・キャストにすると、観客はそれも〝トリック〟と勘違いするでしょうから、避ける方がよいでしょう。

私は大いに楽しみながらこの作品を書きました。この作品を上演なさる方々も、私と同じ楽しさを味わっていただきたいと思います。ご成功を祈ります。

アガサ・クリスティー

カーター	判事と二役も可
ハーン警部	第三幕二場の警官と二役も可
刑事	看守と二役も可
裁判所書記	〝廷吏を兼ねる〟ことにするも可
参事官	省略も可
速記者	省略も可
判事書記	省略も可
六人の弁護士	二人にするも可
三人の陪審員	省略も可。宣誓および評決は舞台奥で行なうも可
マイアーズ検事	刑事と二役も可

検察側の証人

登場人物（登場順）

グリータ　ウィルフリッド卿のタイピスト
カーター　ウィルフリッド卿の首席秘書
メイヒュー　事務弁護士
レナード・ボウル
ウィルフリッド・ロバーツ卿　勅選弁護士
ハーン警部
ローマイン
裁判所書記
ウェインライト判事
参事官
マイアーズ検事　勅選検事
廷吏

看守
判事書記
警官
ワイアット　警察医
ジャネット・マッケンジー
クレッグ　法医学研究所員
若い娘
その他（法廷弁護士、検事、陪審員、刑事、速記者など）

場面

第一幕　勅選弁護士ウィルフリッド・ロバーツ卿の事務室。午後

第二幕　〝オールド・ベイリー〟の俗称で知られるロンドンの中央刑事裁判所。六週後の朝

第三幕

一場　勅選弁護士ウィルフリッド・ロバーツ卿の事務室。同日の夜

二場　〝オールド・ベイリー〟。翌朝

（第三幕二場では時間の経過を表わすため、一度照明が暗くなる）

時　現代

第一幕

舞台配置図

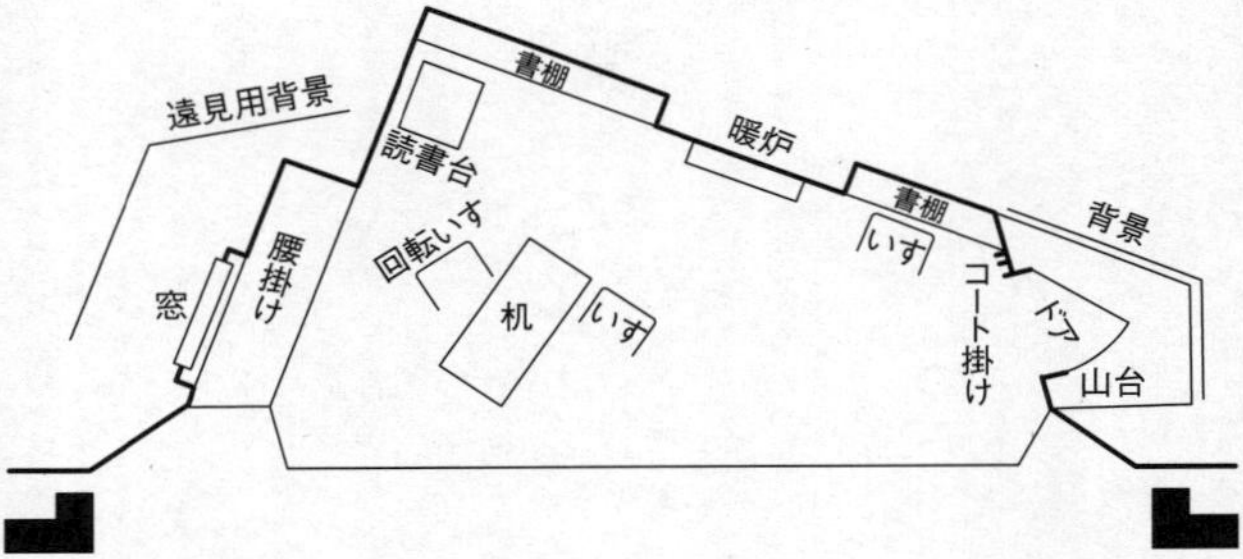

場面　勅選弁護士ウィルフリッド・ロバーツ卿の事務室。

場面はウィルフリッド卿の事務室。狭い部屋で上手《かみて》にドア、下手《しもて》に窓。出窓になっており、造りつけの腰掛けが付いている。高い、地味なレンガの壁が見降ろせる。中央後方の壁には暖炉。その両側には部厚い法律書がぎっしり並んだ書棚。中央下手寄りに机。机の下手側に回転いすがあり、上手側には背の真っ直ぐな革張りのいす。暖炉の上手側の書棚の前にも背の真っ直ぐないす。下手後方の角《すみ》には背の高い読書台。上手後方の角には壁に取り付けられたコート掛けがいくつかある。夜間には、暖炉の上手、下手の壁に取り付けられた燭台型のブラケットの薄暗い照明と、机の上の自由に角度を変えられるスタンドがつく。電気のスウィッチは上手のドアの手前。暖炉の上手側にベルのボタン。机には電話があり、法律関係の書類が散乱している。窓の腰掛けの上には書類用の金庫があり、そこにも書類が散らばっている。

幕が揚がるとある日の午後。下手の窓から日が差し込んでいる。事務室には誰もいない。まもなくウィルフリッド卿のタイピスト、グリータが入る。明敏さに欠けるが、自惚《うぬぼれ》だけは強い若い女性。彼女はスクエアダンスのステップを踏みながら暖炉へ行き、マントルピースの上の書類箱から書類を一枚取る。首席秘書のカーターが入る。彼は手紙を何通か持っている。グリータは振り返ってカーターを見、静かに部屋から出ていく。カーターは机へ行って手紙を置く。電話が鳴る。カーターは受話器をとる。

カーター　（電話に）ウィルフリッド・ロバーツ卿の事務所です……ああ、チャールズか……いや、先生は法廷だ……いや、もう少しかかりそうだよ……ああ、シャットルウォースの事件さ……しかしね、検事がマイアーズで判事がバンターなんだぜ……判決言い渡しだっていうのにもう二時間もかかってるんだから……いや、今日の夕方は絶対無理だ。もういっぱいなんだよ。明日ならなんとかなるけど……いや、不可能だ。メイヒュー＝ブリンスキル法律事務所のメイヒューがもうじき来ることになっているしね……ああ、じゃあな。（彼は受話器を置き、机の上の書類をえり分ける）

グリータが爪にマニキュアをぬりながらふたたび入る。

グリータ　お茶をいれましょうか、カーターさん？
カーター　（自分の時計を見ながら）まだお茶には早いよ。
グリータ　もう時間です、あたしの時計じゃ。
カーター　きみの時計は狂っているんだ。
グリータ　（中央へ行きながら）ちゃんとラジオで合わせました。
カーター　じゃ、ラジオの時報が違ってるんだ。
グリータ　（あきれて）時報が違ってるなんていうことはありません。ラジオの時報は絶対正確です。
カーター　この時計はうちの親父の形見なんだ。進んだり遅れたりしたことは一度もない。近頃はこういう時計はなくなったね。(彼は首を振り、それから不意に態度を変えてタイプした書類を一枚取り上げ)きみのタイプはしようがないな。いつも必ず間違っている。(とグリータの下手側へ行き)一字違ってるよ。

グリータ　でも、一字だけじゃありませんか。そのくらい誰だってやります。

カーター　しかしだね、きみのは〝ではない〟が抜けているんだ。意味がまるで逆になってしまうじゃないか。

グリータ　あら、そうかしら？　考えてみるとおかしい！　(とくすくす笑う)

カーター　考えてみなくったっておかしいよ。(彼は書類を二つに引き裂き、それを彼女に渡して)打ち直しだ。先週話したのを憶えているだろう、ブライアントとホースフォールの有名な一件さ。遺言《いごん》と信託資産をめぐる争いだったんだが、もとはといえば事務員の不注意なタイプミスのせいで……

グリータ　(話をさえぎって)奥さんじゃない人がお金をもらっちゃったんでしょ？　憶えてます。

カーター　十五年も前に離婚した女のものになってしまったんだ。遺言した人の意志とはまったく逆なんだよ。裁判長もにがりきっていたが、文書になっているものを変更はできないからね、結局はどうしようもなかった。(彼は机の後ろを回って、そ

の下手側へ行く）
グリータ　それもおかしい！　（ふたたびくすくす笑う）
カーター　ここは王室から任命されている勅選弁護士の事務室だ。そういうことで笑うのは不適当だね。法というものはだね、グリータ、きわめて厳粛なものなんだ。従って、それにふさわしい態度で取り扱わなければいけない。
グリータ　そうとも思えないわ、判事さんたちの冗談を聞いてると。
カーター　あの種のジョークは、判事の特権としてはじめて許されるんです。
グリータ　でも、〝ここで法廷はどっと笑う〟って、ときどき新聞に書いてあるじゃありません。
カーター　判事がいったジョークで笑うのはいいのさ。他のやつがそんなジョークをとばしたら、即刻、退廷を命ぜられるね。
グリータ　（ドアの方へ行きながら）いやらしい、判事なんて。（ぐるりと向きを変え、机の上手側へ行きながら）でもね、カーターさん、このあいだ何かに書いてありましたよ。（気取ったいい方で）〝法とはロバなり、愚鈍なものなり〟って。そんなこわい顔しないでください。ほんとに何かの小説に出てきたんですから……。
カーター　チャールズ・ディケンズの『オリバー・トゥイスト』でしょ。知ってますよ、そのぐらい。ディケンズは学生時代、法学の単位が取れなかったからそんなことを書いたんです。真面目《まじめ》に受け取るばかがありますか。(時計を見て)もうそろそろお茶にしていいよ。(秒読みにかかる)五、四、三、二、一、〇……さあ、グリータ、お茶だ。

グリータ　(喜んで)はい、はい、ただいま。(急いでドアの方へ行く)

カーター　メイヒュー＝ブリンスキル法律事務所のメイヒューさんがもうじき来るからね。それからレナード・ボウルさんとかいう人も来るはずなんだ。いっしょに来るかどうかはわからないが……。

グリータ　(興奮して)レナード・ボウル?　(机の方へ行き)あの人だわ……新聞に出てたあの人よ……

カーター　(興奮した彼女を鎮めるように)お茶だ、グリータ。

グリータ　重要参考人として警察が捜してるんですって。

カーター　(声を高めて)お茶だ!

グリータ　つい昨日……

カーターは彼女をにらみつけて。

はい、すぐお持ちします。

グリータはきまり悪そうに、しかし、やや不満げに退場する。カーターはぶつぶつ一人言をいいながら書類の整理を続ける。

カーター　ああいう若い子はほんとにしようがない。物見高くって、やることは不正確だし……ああ、わが弁護士協会はこの先どうなることか……。（彼はタイプした書類を調べ、怒りの声をあげ、ペンを取って訂正する）

グリータがふたたび入る。

グリータ　メイヒューさんです。

メイヒューとレナード・ボウルが入る。メイヒューは典型的な中年の事務弁護士で、抜け目がなく、やや冷やかな、ソツのない態度物腰。レナードは人好きのする愛想のいい青年で、二十七歳ぐらい。彼はいささか当惑した様子。

メイヒューはブリーフ・ケースを持っている。

メイヒュー　(グリータに自分の帽子を渡しながら) 掛けたまえ、ボウル君。(机の方へ行き、その後ろに立つ) やあ、カーター、元気かい？ (ブリーフ・ケースを机に置く)

グリータはレナードの帽子も取り、二つの帽子をドアの後方の帽子掛けに掛ける。それから彼女は肩越しにレナードを見つめながら退場する。

カーター　どうも。ウィルフリッド卿も間もなく戻ると思います、ただ、判事がバンター卿ですからなんともいえませんが。ちょっと控え室へ行って伝えてきましょう。

メイヒューさんと……(彼は口ごもる) えーと……(机の前を通ってレナードの下手側へ行く)

メイヒュー　レナード・ボウルさんだ。すまないな、カーター。電話したのも急だったし悪いと思っているんだが、とにかくちょっと急を要するケースなんでね。

カーターはドアの方へ行く。

神経痛の具合はどうだ？

カーター　(振り返って)東の風のときだけなんです、痛むのは。ご心配いただいてありがとうございます。

カーターは足早に出ていく。メイヒューは机の上手側に座る。レナードは不安げに部屋をうろつく。

メイヒュー　座りなさい、ボウル君。

レナード　はい……でも、歩き回っていたいんです。おれ、なんだか落ち着かなくって。(と上手前方へ行く)

メイヒュー　ああ、まあそうだろう、そうだろうな……

グリータが入る。彼女はメイヒューに話しかけるが、並々ならぬ興味をもってレナードを見つめる。

グリータ　お茶をお持ちしましょうか、メイヒューさん？　ちょうど、いれたところですから。

レナード　（感謝して）ありがとう。おれも今ちょうど……

メイヒュー　（レナードをさえぎり、きっぱりと）いや、結構。

グリータは退場しかかる。

レナード　（グリータに）すいません。（と彼女に微笑《ほほえ》みかける）

グリータもレナードに微笑みかけ退場する。間がある。

（レナードは上手後方へ行く。不意に、困惑した様子で話しはじめるが、その態度は好感が持てる）つまりですね、信じられないんですよ、このおれにこんなことが起こるなんて。ずっと考えてたんだけど……ひょっとするとこれはみんな夢で、もうじき目が覚めるんじゃないかって気がして。

メイヒュー　ああ、そんな気持になるかもしれないな。

レナード　（机の下手側へ行きながら）おれがいいたいのは……そのう……これはひどくばかげてるってことなんです。

メイヒュー　（鋭く）ばかげている？

レナード　ええ、ばかげてます。だって、おれっていつも人に親切な、気のいい男ですからね。みんなともうまくやっていけるし、人づきあいはいいし……。そんな……そんな荒っぽいことのできる男じゃありませんよ、おれは。（間を取る）でも、だいじょうぶなんでしょう、最後のとこは？　身に覚えのないことで罪になるなんてことはないんでしょ、この国じゃ？

メイヒュー　イギリスの司法制度は世界最高だと思うよ。

レナードにはあまり慰めにならない。

レナード　（机の後ろを回って上手へ行きながら）でも、前にあったじゃありませんか……えーと、なんて名前だったかな……ああ、アドルフ・ベックだ。ついこのあいだ、新聞で読みましたよ。何年も刑務所に入れられた末に、やっとスミスっていう真犯人が見つかったっていうじゃありませんか。それでアドルフはようやく許されたっていうけど、そこがおかしいと思うんですよね。何もやってないんなら〝許す〟もへったくれもないでしょう。
メイヒュー　まあ、法律上はそういうことになるが……。
レナード　(暖炉の上手側のいすを持ってきて、中央に置き) しかし、そんなの間違ってると思いますね、おれは。
メイヒュー　大事なのはベックが釈放されたという事実だ。
レナード　まあベックの場合はそれでいいかもしれませんよ。でも、あれが殺人事件だったらどうなります？　(中央のいすにまたがる) あれが殺人だったら、あとのまつりってことになってたじゃありませんか、もうとうに死刑にされちまってたでしょうからね。
メイヒュー　(無表情だが優しく) ボウル君、そう過敏な見方をすることはないよ。
レナード　(やや哀れっぽく) すいません。ただ、おれ、ちょっとおびえちまってるもんだから……。
メイヒュー　まあ、せいぜい落ち着くことだ。すぐウィルフリッド・ロバーツ卿がいらっしゃるから、わたしに話したとおりのことを話してもらいたい。いいね？
レナード　はい。
メイヒュー　しかし、こうしているあいだに、もう少し細かいことというか、背景というか、そのへんを聞かせてもらってもいいね。きみは目下のところ、失業しているんだね？
レナード　（当惑して）はい。でも、二、三ポンドの貯金はあります。少ないですけど、見通しがついてきたら、必ず……
メイヒュー　（うろたえて）いや、わたしは何も……弁護料のことをいっているわけじゃないよ。ただ、そのぅ……事情をはっきりさせておきたいだけなんだ。きみの身辺の状況とか……まあ、暮らし向きなんかをね。失業してからどのくらいになるんだね？

レナードは人を引きつける親しみのある態度ですべてのことに快く答える。

レナード　二カ月ばかしです。
メイヒュー　それまでは何をしていたんだ？

レナード　自動車のサービス工場にいました。機械工みたいなことをやってたんですよ。
メイヒュー　そこにはどのぐらいいたんだ？
レナード　えーと、三カ月ばかしです。
メイヒュー　（鋭く）首になったのか？
レナード　いや、こっちから辞めてやったんですよ。職工長と喧嘩しちまったもんだから。ほんとにいやらしいやつで……（言葉を切り）とても下劣なやつで、人をしょっちゅういびるんです。
メイヒュー　ふーむ！　それで、その前は？
レナード　ガソリン・スタンドです。でも、ちょっとまずいことがあったんで辞めました。
メイヒュー　まずいこと？　どういうことだ？
レナード　（まごついて）じつはそのう……そこのボスの娘のことなんですがね……まだほんの子供だったんですけど、おれにそのう……惚れたみたいになっちゃって……いや、べつに何もなかったんです、その子とどうこうってことはなかったですよ。でも、親父の方がちょっと心配しちまって、おれに辞めてくれないかっていいましてね。まあ、おれのこともよく考えてくれて、退職金みたいなものをたっぷりくれました。（立ち上がって不意にニヤッと笑い）〝そのまた前〟は、卵の泡立て器のセールスをやってました。一個売ればいくらっていう歩合制の仕事でした。（彼はいすを暖炉の上手側に戻す）

メイヒュー　なるほどね。

レナード　（机の方へ行き、その後ろに立って、若々しく快活に）やあ、まったくひどい仕事でした。卵の泡立て器だったら、おれならもっといいのを作れますよ。（メイヒューの気持を察知して）ちょっと腰の落ち着かないやつだと思ってるんでしょう、おれのこと？　まあ、たしかにそうですね、ある意味じゃ。でも、おれ、ほんとはそんなんじゃないんです。軍隊に行ったんでちょっと調子が狂っちまったんですよ。それに、外国に行ってたもんだから。おれ、ドイツにいたんです。いいとこでしたよ。女房と知り合ったのもそこです。女優だったんですよ、女房は。ところがイギリスへ帰ってきてからっていうもの、おれ、どうも落ち着かなくなっちまってね。自分はほんとは何をやりたいのかってこともわからないんです。車関係のとこへ勤めて、新しい部品かなんか設計していられたら最高なんだけど……。あれは面白いんですよ、ほんとに。それに、ああいうことさえやってれば……

勅選弁護士ウィルフリッド・ロバーツ卿が入る。カーターがそれに続く。ウィルフリッド卿は勅選弁護士の白い垂れ襟《えり》の付いた法衣を着け、カツラとガウンを手にしている。カーターはウィルフリッド卿の私服と蝶ネクタイを持っている。

ウィルフリッド卿　やあ、メイヒュー、待たせたな。
メイヒュー　（立ち上がって）どうも、先生。
ウィルフリッド卿　（カツラとガウンをカーターに渡しながら）カーターに聞いただろう？　法廷にいたんだよ。今日のバンターはほんとにできすぎだった。（レナードを見て）こちらが……ボウルさんだね？　（とレナードの上手側へ行く）
メイヒュー　レナード・ボウル君です。
レナード　はじめまして。

メイヒューは暖炉の方へ行く。

ウィルフリッド卿　やあ、どうも。お掛けになりませんか？

レナードは机の上手側に座る。

メイヒュー　メイヒュー、ご家族は元気かい？

ウィルフリッド卿　家内は昨日から風邪気味でしてね……。

メイヒュー　それはいけないね。

ウィルフリッド卿　ええ、そのせいか機嫌が悪くって……。法廷はどうでした、勝ちましたか？

メイヒュー　ああ、おかげさまでね。

ウィルフリッド卿　気分がすっきりするでしょう、マイアーズ検事をやっつけると？

メイヒュー　相手が誰だろうと勝ちさえすればすっきりするよ。

ウィルフリッド卿　でも、マイアーズ検事だったら格別でしょう？

メイヒュー　（カーターから蝶ネクタイを受け取りながら）まあね、マイアーズなら格別だ。（下手の鏡の方へ行く）あの男にはまったくいらいらさせられる。（蝶ネクタイを着け）あいつが相手だと、いつもわたしのいちばん悪いところが出てしまうんだ。

メイヒュー　それはおたがい様じゃないんですか？　向こうだっていらいらしてますよ、何か口を開くとすぐ先生に〝異議あり！〟ってやられるんですから。

カツラ、ガウン、法衣、白い襟などを持ってカーター退場。

ウィルフリッド卿　わたしがいらいらするのはあいつのあの気取った態度さ。（振り向いて机の下手側に立ち）必ずこうだ……（彼は咳払いをして、カツラを直す真似をして）これをやられるともうジリジリしてしまって……。おまけに人のことをロ――バーツ、ロ――バーツっていいやがる。しかし、あいつだってほんとはきわめて有能な検事なんだ。誘導尋問さえしなきゃな。自分でもよーくわかっていながらついやってしまうらしい。まあ、それはそれとして、仕事に取りかかろうじゃないか。

メイヒュー　（机の後ろへ行きながら）ええ、わたしが聞いた話をそっくり先生にも聞いていただきたいと思って、ボウル君を連れてきました。（と彼はブリーフ・ケースからタイプした書類を取り出す）かなり切迫した問題のようでしてね。（書類をウィルフリッド卿に渡す）

ウィルフリッド卿　ほう？

レナード　女房がいうんです、おれは逮捕されるだろうって。（彼は当惑したように見える）女房はおれよりずっと頭がいいし……女房のいうとおりかもしれません。
ウィルフリッド卿　逮捕って……なぜです？
レナード　（さらにいっそう当惑して）あのう……殺人……容疑で。

ウィルフリッド卿は机の下手側の前の方に腰を下ろす。

メイヒュー　（中央へ行きながら）エミリー・フレンチ殺しですよ、新聞でごらんになったでしょう？

ウィルフリッド卿はうなずく。

被害者は未婚の婦人でしてね、ハムステッドの家にかなり年輩の家政婦と二人っきりで暮らしていたんです。それが十月十四日の夜十一時、その家政婦が外出先から帰ったところ、何者かが部屋に乱入した様子で、被害者が後頭部を殴られて殺されていたというんです。（レナードに）そうだったね？

レナード　そのとおりです。近頃じゃそう珍しい事件でもなかったんですけど、ところがこのあいだ、新聞にこんなことが出てたんですよ。〝警察では事件当夜、フレンチさんを訪ねているレナード・ボウル氏が有力な手掛かりを握っているとみて、同氏の任意出頭を強く望んでいる〟って。だからおれ、もちろん警察へ行きましたよ。そうしたらいろんなことを聞かれちまって……。

ウィルフリッド卿　（鋭く）警察はあなたに警告を与えましたか？

レナード　（はっきりしない様子で）よくわかりません。何か証言することがあるか、あればそれを書き留めるっていってました。そしてそれは法廷で使われるかもしれないって。それってやっぱり警告なんでしょうか？

　ウィルフリッド卿はメイヒューと視線を交わし、レナードよりもメイヒューに向かって話す。

ウィルフリッド卿　（立ち上がりながら）まあ、目下のところどうしようもないな。

　（机の後ろを回って上手へ行く）

レナード　とにかく、ばかげてると思いましたね、おれ。でも、知ってることはみんな話したんです。警察の人もとっても丁寧だったし、すごく満足したっていうか、そんなような顔してたんです。ところが、家に帰ってローマインに……いや、女房はローマインっていうんですがね、ローマインにその話をしたらびっくりしちまって。ローマインにはピーンと来たらしいんですよ、警察はおれがやったと疑ってるんだって……。

ウィルフリッド卿は暖炉の上手側のいすを中央へ運びメイヒューを掛けさせる。

それでおれも、これは弁護士に相談しなきゃと思って……（メイヒューに）それでお宅の事務所へ行ったんです。どうしたらいいか教えてもらえると思ってね。（彼は不安げにメイヒューからウィルフリッド卿へと視線を走らせる）

ウィルフリッド卿　（上手前方へ行きながら）殺されたフレンチさんのことはよく知っていたんですか？

レナードは立ち上がるが、ウィルフリッド卿は座るように指示する。

レナード　ええ、そりゃあ。おれにとっても優しくしてくれましたからね。（ふたたび座り）正直いってちょっとうんざりすることはありましたよ、ときどき。だって、おれのことになるとすごく大騒ぎしてガミガミ、ガミガミ……でもね、それはおれのことをほんとに心配してたからなんです。だから、あの人が殺されたって新聞で見たときは、もうびっくりしちまってね。だって、そうでしょう、おれ、あの人がほんとに好きだったんだもの。

メイヒュー　フレンチさんとどうして知り合いになったか、わたしにいったとおりのことをウィルフリッド卿に話したまえ。

レナード　（素直にウィルフリッド卿の方を向き）あれは、オックスフォード・ストリートでした。年輩の女の人がたくさん荷物を抱えて道を横切っていたんです。ところが、道の真ん中でそれをみんな落としちまいましてね。いざ拾おうとしたらバスがもうついそこまで来てるんです。

ウィルフリッド卿はゆっくりと二人の前を通って机の下手側へ行く。

でも、自分でどうやら無事に歩道までは行けたんです。だから、おれはただ道に散らばった荷物を拾い集めてやっただけなんですよ。泥をきれいに払って、破れた袋はひもで結んでやって、どうにかそのオバチャンをなだめて落ち着かせたって、まあ、そんなようなことです。
ウィルフリッド卿　彼女は感謝したでしょうね？
レナード　ええ、もうとっても喜んでるようでした。〝ありがとうございました〟、〝ありがとうございました〟って、幾度も幾度もお礼をいってましたからね。おれは荷物を拾っただけなんだけど、そこらにいた人はみな、おれはオバチャンの命まで拾ってやったんだと思っちゃったりして……。
ウィルフリッド卿　しかし、実際問題として、あなたが彼女の命を救ったことには間違いないんでしょう？（彼は机の引き出しからタバコの箱を取り出す）
レナード　いやあ、そんなカッコいいんじゃないんですよ。その後また会おうとも思わなかったし……。
ウィルフリッド卿　タバコは？
レナード　いや、結構です、喫いませんから。でも、あれがほんとに偶然っていうのかなあ、それから二日後に、映画館でたまたまオバチャンの真後ろの席に座っちまったんですよね、おれ。オバチャンはふと後ろを向いたときにおれに気がついて、それからすっかり話し込んじまって。それでとうとうオバチャンの家に一度来ないかといいだしましてね。

ウィルフリッド卿　それで、行ったんですね？

レナード　はい。何日にするか決めろってしきりにいうし、断わるのもちょっと悪いような気がしたもんですから。それで結局、その週の土曜日に行くっていったんです。

ウィルフリッド卿　それで、あなたは行ったんですね、彼女の……えーと、場所はと……（と書類の一枚に目をやる）

メイヒュー　ハムステッドです。

レナード　はい、行きました。

ウィルフリッド卿　はじめて彼女の家へ行ったとき、何か気づいたことはありますか？

（彼は机の下手側の前の方に座る）

レナード　さあ……オバチャンが話してくれたことのほかはべつにありません。一人暮らしで、友だちもあんまりいないとか、まあ、そんなようなことだけです。

ウィルフリッド卿　家政婦が一人いるだけだったんですね？

レナード　そうです。猫は八匹いましたがね。八匹もいましたよ。家具や何もかもきれいな家だったけど、ちょっと猫臭かったな。
ウィルフリッド卿　（立って机の後ろへ行きながら）彼女はなかなか裕福だったようですが、たしかにそうだと思えるようなところがありましたか？
レナード　まあ、自分でそんなふうなことをいってましたから。
ウィルフリッド卿　じゃ、あなたの方の経済状態は？
レナード　（快活に）やあ、おれは一文なしも同然ですよ、前からずっとです。
ウィルフリッド卿　それは残念ですね。
レナード　ええ、ちょっとね。あっ、そうか、それだとおれは金が欲しいんでオバチャンに取り入ってたっていわれるわけか？
ウィルフリッド卿　（なごやかに）いや、いい方がまずかったが、しかし、本質的にはやはりそういうことですね。まあ、世間はそういうかもしれません。
レナード　でも、それはほんとに違うんですよ。ほんとにおれ、オバチャンはかわいそうだと思ったんです。一人ぼっちで淋しいだろうなと思って。おれ、年を取った叔母に育てられたんですよ、ベットシー叔母さんっていう人にね。だから、おれ、おばあさんって好きなんです。
ウィルフリッド卿　おばあさんっていいましたね。フレンチさんがいくつだったか知っていたんですか?

レナード　いや、知りませんでしたけど、殺されたんで新聞に出ましたからね、五十六だって。

ウィルフリッド卿　五十六歳ね……。あなたは五十六ならおばあさんだと思うわけですね?　しかし、フレンチさん自身が自分をおばあさんだと思っていたかどうかは疑問ですね。

レナード　でも、若いとはいえないんじゃないんですか?

ウィルフリッド卿　(机の後ろを回ってその下手側に座りながら)まあ、話を進めましょう。フレンチさんの家にはちょくちょく行ったんですか?

レナード　ええ、週に一度か二度……。

ウィルフリッド卿　奥さんも連れていったんですか?

レナード　(やや当惑して)いいえ、女房は連れていきませんでした。

ウィルフリッド卿　なぜです?

レナード　そのう……それは……まあ、正直にいいますけど、そんなことしたら、あんまりうまくないと思って……。

ウィルフリッド卿　それは奥さんに対してまずいというんですか、それともフレンチさ

　　んに対して？
レナード　そりゃ、オバチャンに対して……。（と口ごもる）
メイヒュー　さあ、どうしたんだ？
レナード　そのう……オバチャンはおれのことが好きだったから……
ウィルフリッド卿　つまり、あなたを愛していたっていうことですか？
レナード　（ぎょっとして）いや、違います、そんなんじゃないんですよ。ただ、おれをちょっと甘ったれさせてくれただけです、ちょっと甘やかしてくれただけですよ。
ウィルフリッド卿　（やや間を置いてから）ボウルさん、警察はおそらくあなたに容疑をかけてくるでしょうね、いまはまだそう推測する決定的な理由はありませんが、もし、容疑をかけてくるとすればですね、あなたのような若くて、ハンサムで、結婚もしている男性が、ほとんど何も共通点のない年輩の女性のために、どうしてそれほど多くの時間をさいたのかということになると思いますね。
レナード　（憂うつに）ええ、わかってます、おれは金を目当てにオバチャンにくっついていたんだっていうでしょうね、警察は。それにちょっとはそんな気もあったかもしれません。でも、それはほんのちょっとだけです。
ウィルフリッド卿　（やや、なごやかに）とにかくあなたは率直な人なんですね。そのへんをもう少しはっきり説明してくれませんか？

レナード（立って暖炉の方へ行きながら）あのう……オバチャンは金がありあまっているっていうことをべつに隠しませんでした。前にもいったとおり、おれとローマインは……ローマインっておれの女房ですけど、おれとローマインはかなり金に困っているんです。（彼は戻って来て自分のいすの側に立ち）だから、正直に認めますけど、いよいよピンチになったら、オバチャンがいくらか貸してくれるだろうとは思ってました。それはほんとに正直に認めます。

ウィルフリッド卿　それで実際に金を貸してくれと頼んだんですか？

レナード　いいえ、頼んだことはありません。そうひどいピンチにはなりませんでしたから。（彼はそのことの重大性に気づいたかのように、突然、前より真剣な顔になる）もちろんわかりますよ、借金しようとしてたなんていったら、おれにすごく不利だってことは。（彼はふたたび座る）

ウィルフリッド卿　フレンチさんはあなたが結婚しているということを知っていましたか？

レナード　ええ、もちろん。

ウィルフリッド卿　でも、奥さんをいっしょに連れてくるようにとはいわなかったんですか？

レナード　（いささかうろたえて）いいませんでした。オバチャンは……そのう……オバチャンはおれと女房はうまくいってないって、決めこんでいたみたいなんです。

ウィルフリッド卿　あなたがわざとそういう印象を与えたんですか？

レナード　いいえ、とんでもない。そんなことしませんよ。でも、オバチャンは……まあ、そう思い込んでいるようだったし、おれがローマインのことなんかいつも持ち出してたら、オバチャンもおれに興味がなくなるんじゃないかと思ってね。オバチャンに金をねだりたくはなかったけど、でも、おれ、一つ車の部品を発明したんですよね。すごくいいアイディアなんです。だから、オバチャンを説得して資本を出してもらったら……いや、それだっておれが金をもらうわけじゃなくって、金はオバチャン名義のままでいいんです、それにオバチャンもすごくもうかるわけだし……ああ、どうも説明しにくいけど、でも、ほんとにおれ、オバチャンにたかったことなんかありませんよ、信じてください、先生、それだけは絶対ありません。

ウィルフリッド卿　とにかく、フレンチさんからどのくらいの金額の金を受け取ったんですか？

レナード　金なんかもらってません、ビタ一文もらってませんよ。

ウィルフリッド卿　家政婦のことを少し話してください。
レナード　ジャネット・マッケンジーさんのことですか？　やあ、あれは正真正銘の因業ババアですよ、あのマッケンジーっていうババアは。オバチャンにまで威張りちらすんですからね。そりゃオバチャンの世話やなんかはとってもよくやってましたよ、だけど、あのババアがそばにいると、オバチャンはもうまるで頭が上がらないんだから。（考えこんだ様子で）おれ、マッケンジーさんには嫌われてたな。
ウィルフリッド卿　なぜあなたを嫌ったんです？
レナード　やきもちでしょう、きっと。おれがオバチャンの仕事の手伝いなんかするのが気に入らなかったんだと思いますね。
ウィルフリッド卿　ほう、あなたはフレンチさんの仕事の手伝いまでしていたんですか？
レナード　ええ。彼女は自分が出資している会社や何かのことで頭を痛めてましたしね、書類を書いたりするのをちょっと面倒がっていましたから。ええ、たしかにおれ、そういう手伝いはずいぶんしました。
ウィルフリッド卿　さて、ボウルさん、これからきわめて重要なことをうかがいます。あなたはですから、絶対に正直に答えてくれなきゃいけませんよ。いいですね？

経済的に困窮していた。一方、あなたはその女性のビジネスに係り合っていた。さあ、そこで、なにかのチャンスに、あなたが取り扱った有価証券を、自分の用に役立てるために現金化したことはありませんか？

レナードはむきになって否認しかかる。

まあ、ボウルさん、答える前にちょっと待ってください。いまここで、二つの見方ができます。一つは、あなたの正直さを全面的に認めること、もう一つは、あなたがなんらかの形でその女性から金をだまし取っていたということ、その二つです。しかし、金をだまし取っていたとなると、その女性はあなたにとってすでに有力な収入源になっていたわけですから、あなたには殺す動機がないということになりますね。どちらの見方にもそれぞれ利点がありますね。わたしが知りたいのは真実です。よーく考えたうえで答えてください。

レナード　はっきりいいます、先生、おれ、間違ったことは何一つしてません。なんでも調べてください。おれは何も間違ったことはしてませんから。

ウィルフリッド卿　やあ、ありがとう、ボウルさん。わたしもそれを聞いてホッとしましたよ。あなたを信じます。あなたはこういう大事なことで嘘をつくような人じゃない、そんな愚かな人じゃないとよくわかりました。そこで、事件当夜のことですが、十月の……（と口ごもる）

メイヒュー　十四日です。

ウィルフリッド卿　そう、十四日だ。（立って）フレンチさんはその晩あなたに来てくれといったんですか？

レナード　いいえ、じつはそうじゃないんです。その日たまたま面白い新案特許品を見つけたんです。オバチャンの気に入りそうなものでした。そこで夜ちょっと家を抜け出して、八時十五分前頃、あそこに着きました。その日はマッケンジーさんの外出日だったんで、オバチャンは一人だとわかっていましたし、ちょっと淋しいんじゃないかとも思って……。

ウィルフリッド卿　その日はジャネット・マッケンジーさんの外出日で、あなたもそれを知っていた……？

レナード　（陽気に）ええ、マッケンジーさんがいつも金曜日に外出するのは知ってました。

ウィルフリッド卿　それはちょっとまずいな。

レナード　どうしてです？　あの晩オバチャンのとこへ行ったのはごく自然だと思いますがね。
ウィルフリッド卿　まあ続けてください。
レナード　とにかく、八時十五分前に行きました。オバチャンはもう夕食をすませていましたけど、二人でコーヒーを飲んで、それからトランプをやりました。それで、九時におやすみなさいをいって、家に帰ったんです。

ウィルフリッド卿は二人の前を通って上手へ行く。

メイヒュー　さっきいってたね、家政婦はその晩いつもより早く帰ってきたって証言しているとか……？
レナード　ええ、警察で聞いたんですけど、マッケンジーさんは何か忘れ物を取りに戻ったんだそうです。それでそのとき、オバチャンが誰かと話をしているのを聞いたとか、聞いたような気がするとか、そんなことでした。でも、とにかく、それはおれじゃありませんよ。
ウィルフリッド卿　それを証明できますか？

レナード　ええ、もちろん証明できますよ。事件があった時間にはもう家に帰って女房といっしょにいましたからね。警察もしつこくそれを聞くんですよ、九時半にはどこにいたかってね。だいたい、何月何日の何時にどこにいたかっていわれたって、わかんない方が普通ですよ。まあ、おれもたまたま憶えてたんです、真っ直ぐ家のローマインのとこに帰って、その晩はそれっきり外出しなかったってね。

ウィルフリッド卿　（中央後方へ行きながら）アパートに住んでいるんですか？

レナード　はい。ユーストンの駅前の小さなアパートです、下が店になってるやつで……。

ウィルフリッド卿　（レナードの上手側後方に立って）あなたがそのアパートに帰っていくところを誰か見ていますか？

レナード　誰も見てないでしょう。どうしてです？

ウィルフリッド卿　誰かが見ていれば、あなたに有利になるでしょうからね。

レナード　先生はまさか……いや、おれがいいたいのはですね、もしオバチャンが殺されたのがほんとに九時半だったとしたら、女房の証言で十分じゃないかってことですよ。

ウィルフリッド卿とメイヒューは顔を見合わせる。ウィルフリッド卿は上手へ行って立つ。

メイヒュー　奥さんははっきりいってくれるんだろうね、きみはその時間家にいたって？

レナード　そりゃもちろんです。

メイヒュー　（立って暖炉の方へ行きながら）きみは奥さんをとても愛しているようだし、奥さんのほうもきみをとても愛しているようだね？

レナード　（顔も穏やかになり）ローマインはほんとによくできた女房です。あんなよくできた女房は世界中どこを捜したっていやしません。

メイヒュー　なるほど。まったく幸せな夫婦だな。

レナード　おれたちほど幸せな夫婦ってないですよ。ローマインはすばらしいんです、やあ、まったくすばらしい女房ですよ。一度紹介したいな、メイヒューさんにも。

ドアにノックの音。

ウィルフリッド卿　（大きな声で）どうぞ。

グリータが入る。彼女は夕刊を持っている。

グリータ　夕刊が来ました。（彼女は夕刊を渡しながら、ある記事を指し示す）
ウィルフリッド卿　ありがとう。
グリータ　お茶をお持ちしましょうか？
ウィルフリッド卿　いや、結構。あっ、ボウルさんはどうです？
レナード　いいえ、いいです、おれは。
ウィルフリッド卿　じゃ、いいよ、グリータ。（二人の前を通って机の下手側へ行く）

グリータ退場。

メイヒュー　ほんとに奥さんに一度会った方がよさそうだな。
レナード　円卓会議ってやつですね、そりゃいいや。

ウィルフリッド卿は机の下手側に座る。

メイヒュー　ボウル君、きみはこの問題をほんとうに真面目に考えているんだろうね？

レナード　（そわそわして）ええ、もちろん真面目に考えてます。でも、なんだか……なんだか悪い夢でも見ているような気がして……。だって、こんなことがおれの身に起こるなんて信じられないんですよ。人殺しだなんて……。そんなことは本か新聞で読むものです。それが自分の身に起こったり、何か係わりを持ったりするなんて、ほんとに信じられませんよ。さっきから冗談めかしてるのもそのためなんです、ほんとは、冗談どころじゃないんですよ、おれ。

メイヒュー　ああ、あいにくこれは冗談どころじゃないね。

レナード　でも、だいじょうぶなんでしょ？　だって、オバチャンが殺されたのは九時半だっていうんなら、おれはローマインといっしょに家にいたんだから……

メイヒュー　家へはなんで帰った？　バスか、それとも地下鉄かい？

レナード　歩いて帰りました。二十五分ばかりかかったけど、あの晩はいい晩でね、ちょっと風はありましたけど。

メイヒュー　途中誰か知っている人に会わなかったのかい？

レナード　会いませんでした。でも、そんなことどうだっていいんでしょう？　とにかく、ローマインが……

ウィルフリッド卿　愛妻の証言だけで、それを裏付けるほかの証拠がないとすると、あまり説得力はないでしょうね。

レナード　ローマインだと、おれをかばって嘘をつくかもしれないっていうんですね？

ウィルフリッド卿　よくあることでしてね。

レナード　そりゃ、ローマインだって場合によっちゃ嘘をつくと思いますよ、でも、この場合は嘘をつくわけありません。だって、これはほんとにほんとのことなんですからね。おれを信じてくださいよ。

ウィルフリッド卿　ええ、わたしは信じてますよ、ボウルさん。しかし、わたしが信じただけじゃなんにもならないんです。フレンチさんが全財産をあなたに譲るという遺言書を残したことはご存じですか？

レナード　（すっかり面くらって）全財産をおれに？　まさか！

メイヒューは中央のいすにふたたび座る。

ウィルフリッド卿　冗談をいってるわけじゃありません。今日の夕刊に出ていますよ。

彼は机越しに新聞を渡す。レナードはその記事を読む。

レナード　やあ、信じられないなあ……

ウィルフリッド卿　何も知らなかったんですか？

レナード　まったく知りませんでした。オバチャンは一言もいいませんでしたから。

（彼はメイヒューに新聞を渡す）

メイヒュー　その点、ほんとに間違いないね、ボウル君？

レナード　ええ、ほんとに何も聞いてませんでした。とってもありがたいと思いますけど……でも、ある意味じゃそんなことしないでくれればよかったとも思います。だって……ちょっとまずいでしょう、事がこういうふうになると……？

ウィルフリッド卿　殺人を犯すきわめて有力な動機になりますからね、もしそれを知っていたとすれば。もちろん、あなたは否定してはいるが。フレンチさんは、遺言書を作っているということも、あなたにはいわなかったんですか？

レナード　オバチャンがマッケンジーさんに、〝わたくしがまた遺書を作り直すんじゃないかって心配しているのね?〟っていっているのは一度聞きました。でも、それはおれには関係ありません。あの二人がちょっと喧嘩してそんなことをいっただけですから。(彼の態度が変わり)おれ、ほんとに逮捕されるんでしょうか?

ウィルフリッド卿　万一の場合の覚悟はしておいた方がいいでしょうね。

レナード　(立ち上がりながら)あのう……できるだけのことはしてくれるんでしょう、先生?

ウィルフリッド卿　(友好的に)まあ、安心してください、全力を尽くしてあなたを助けますから。心配ありませんよ。万事わたしにお任せなさい。

レナード　ローマインのこともよろしくお願いします。あれもひどく心配すると思うんですよ。とってもつらい思いをするでしょうし……

ウィルフリッド卿　だいじょうぶだよ、ボウル君、心配はない。

レナード　(ふたたび座って、メイヒューに)それから、金のこともあるんです。それが心配で。二、三ポンドはありますけど、それじゃとっても足りないし……。まあ、はじめっから相談なんかに行っちゃいけなかったんでしょうけど……。

メイヒュー　その点は適当な処置を講じられると思うよ。こういうケースには裁判所が面倒を見ることになっているからね。

レナード　（立って机の後方へ行きながら）おれには信じられません。ほんとに信じられませんよ、このおれが、このレナード・ボウルが被告席に立って、〝おれはやってません〟なんて叫ぶことになるなんて！　みんなおれをじろじろ見るだろうし……。（彼は悪夢でも見ているように全身を震わせ、それからメイヒューの方を向き）どうもわからないんですけどね、強盗の仕業《しわざ》じゃないっていうのはどうしてなんでしょう？　だって、窓がこじ開けられてて、ガラスも粉々だっていうし、いろいろなものが部屋中に散らばっていたっていうじゃありませんか、新聞に出てましたよ。（ふたたび座り）おれがいいたいのは、強盗の仕業と考えた方がずっと自然だってことですよ。

メイヒュー　警察には何か有力な根拠があるに違いない、強盗じゃないとにらむからにはな。

レナード　しかし、おれはどう見ても……

カーターが入る。

ウィルフリッド卿　なんだ、カーター？

カーター （机の後方へ行きながら）失礼します、ボウルさんに面会の方が二人見えて
いますが……。

ウィルフリッド卿 警察か？

カーター はい。

メイヒューは立ち上がる。

ウィルフリッド卿 （立ってドアの方へ行きながら）いいよ、メイヒュー、わたしが行
って話そう。

ウィルフリッド卿は退場。カーターもそれに続く。

レナード 大変だ！ いよいよ来たんですね？

メイヒュー あいにくそうらしいな。まあ、落ち着け。気を落としちゃいかん。（とレ
ナードの肩を叩く）警察ではもう何もいうなよ、すべてわれわれに任せておけ。
（彼はいすを暖炉の上手側に戻す）

レナード　でもどうしてわかったんでしょう、おれがここにいるって？
メイヒュー　ずっと尾行してたんだろう。
レナード　（まだ信じられない様子で）じゃ、ほんとにおれを疑ってるんですね？
　ウィルフリッド卿、ハーン警部、刑事が入る。ハーン警部は背が高く、器量のよい男。
ハーン警部　（部屋に入りながらウィルフリッド卿に）お手数をわずらわして申し訳ありません。
ウィルフリッド卿　（上手後方に立って）あちらがボウルさんです。
　レナードは立ち上がる。
ハーン警部　（レナードの方へ行きながら）レナード・ボウルだね？
レナード　はい。
ハーン警部　ロンドン警視庁のハーン警部だ。きみには去る十月十四日エミリー・フレンチを殺害した容疑で逮捕状が出ている。警告しておくが、きみの今後の発言はすべて記録されて、証拠として使われるからそのつもりでいてもらいたい。

レナード　わかりました。（心配そうにウィルフリッド卿を見、それから上手後方へ行って帽子を取る）行きます。

メイヒュー　（ハーン警部の上手側へ行き）はじめまして、警部。事務弁護士のメイヒューです。今後ボウル君の代理人を務めますからよろしく。

ハーン警部　こちらこそよろしく。代理人の件はわかりました。容疑者を連行して取り調べますからそのおつもりで……。

レナードと刑事は退場。

（ウィルフリッド卿の方へ行き、メイヒューに）さすがに寒くなってきましたね。昨晩《ゆうべ》はちょっと霜が降りましたよ。いずれまたお目にかかることになりそうですな。（ドアの方へ行き）ご迷惑だったでしょうか、ウィルフリッド卿？

ウィルフリッド卿　いいえ、べつに……。

ハーン警部は愛想よく笑って退場。

（ドアを閉めて）なあ、メイヒュー、あの青年の立場は自分で考えている以上に悪いぞ。

メイヒュー　たしかにそうですね。あのボウルっていう男、どう思います？

ウィルフリッド卿　（メイヒューの上手側へ行き）驚くほど素朴で率直だね。それでいて、ある点じゃまったく抜け目がない。まあ、頭がいいんだろう。しかし、自分の立場が危険だということはわかっていないんだな。

メイヒュー　彼がやったと思いますか？

ウィルフリッド卿　わからないな。まあ、大体、〝ノー〟だろうがね。（鋭く）きみは？

メイヒュー　（ポケットからパイプを取り出しながら）同じです。

ウィルフリッド卿はタバコのつぼをマントルピースから取り、メイヒューに渡す。メイヒューは机の後ろへ行き、そこに立ってパイプにタバコを詰める。

ウィルフリッド卿　とすると、彼はわたしたちのどちらにもいい印象を与えたわけだ。しかし、どうしてだろう？　あんなばかな話は聞いたことがないよ。これからどうしたらいいかもまるでわからない。あの男に有利なただ一つの証言も、奥さんのものだけのようだし、奥さんの証言なんか誰も信じやしないだろうからな。

メイヒュー　（ユーモアのつもりはなく）女房のいうことなんか信じられませんからねえ。

ウィルフリッド卿　しかも、奥さんは外《よそ》の国の人だ。陪審員十二人のうち九人までは、外《よそ》の国の人間は嘘つきだと信じ込んでいる。それに彼女はきっと感情的になって取り乱すだろうし、検事のいうことも理解しようとしないんじゃないかな。それでも、一度彼女に会わなきゃいけないな。この部屋中キーキーわめき散らすことだろうよ。

メイヒュー　先生としてはあまり乗りたくないんじゃないんですか？

ウィルフリッド卿　乗りたくないなんて誰がいったね？　わたしはただ、あの青年の話がばかげているといっただけだよ。

メイヒュー　（ウィルフリッド卿にタバコのつぼを渡しに行きながら）ばかげてはいても、事実です。

ウィルフリッド卿　（マントルピースにつぼを戻しながら）事実には違いない。嘘にしてはあまりにもばかばかしいからね。すべての事実を白と黒とに分けてみると、事態はまったくのっぴきならないことがわかる。

メイヒューはポケットを探りマッチを捜す。

ところが、あの青年に会って話してみると、彼はそういうのっぴきならない事実をポンポン口にするから、彼のいうとおりのことが実際にあり得るんじゃないかという気がしてくるんだ。ちょっとくやしいんだがね、ボウル君がいってたベットシー叔母さんのような人が、わたしにもいたんだよ。わたしもその人がとても好きだった。

メイヒュー　いい性格の男だと思いますね、思いやりはあるし……。

ウィルフリッド卿　（ポケットからマッチを取り出しメイヒューに渡しながら）ああ、あれなら陪審員の受けもいいだろう。まあ、判事までは動かせないがね。それに被告席でもすぐ興奮しそうな単純な男だから、その点も気をつけなければいけないが。

メイヒューはマッチ箱が空《から》なのに気づき、それを屑籠《くずかご》にほうりこむ。

問題はその奥さんだな。

ドアをノックする音。

(大きな声で)どうぞ。

グリータが入る。彼女は興奮し、ややおびえてもいる。彼女はドアを閉める。

何だい、グリータ、どうしたんだ?

グリータ (ささやき声で)レナード・ボウルさんの奥さんが来たんです。

メイヒュー ボウル君の奥さんが⁉

ウィルフリッド卿 ちょっとこっちへ。あの青年を見ただろう? 彼は殺人容疑で逮捕されたんだ。

グリータ (ウィルフリッド卿の上手側へ行きながら)知ってます。あたし、ドキドキしちゃいました。

ウィルフリッド卿　彼がやったと思うかね？
グリータ　いいえ、あの人は絶対やってません。
ウィルフリッド卿　ほう、どうしてだ？
グリータ　あんないい人がやるわけありませんよ。
ウィルフリッド卿　（メイヒューに）支持者が三人になった。（グリータに）お通ししなさい。

グリータは退場する。

それにたぶん、われわれはだまされやすいお人よしの三人でもあるんだろう……（机の上手側のいすへ行き）感じのいい青年だとすぐ同情してしまうようなね。（彼はローマインのいすを用意する）

カーターが入り、ドアの横に立つ。

カーター　ローマイン・ボウルさんです。

ローマインが入る。彼女は個性的なドイツ人だが、きわめて物静かである。彼女の声には妙に皮肉な響きがある。

メイヒュー　（ローマインの下手側へ行きながら）やあ、よくいらっしゃいました。（彼はたいそう同情した様子で彼女の方へ行きかかるが、彼女の人柄にややたじろぐ）

カーターは退場し、後ろ手でドアを閉める。

ローマイン　あっ、どうも。メイヒューさんでいらっしゃいますね？
メイヒュー　ええ。こちらはウィルフリッド・ロバーツ卿です。ご主人の弁護を引き受けてくださいました。
ローマイン　（中央へ行きながら）はじめまして。
ウィルフリッド卿　やあ、どうも。
ローマイン　わたくし、お宅の事務所からまいりましたのよ、メイヒューさん。主人といっしょにこちらにいらしているとうかがいましたので……。
メイヒュー　やあ、そうですか、そうですか。
ローマイン　そこまでまいりましたとき、レナードを見たような気がしましたの。車に乗るところで、ほかに男の方が二人いらっしゃいましたわ。
ウィルフリッド卿　奥さん、取り乱してはいけませんよ、いいですね？

ローマインは少しも取り乱してはいない。

（やや、まごついて）まあ、お掛けになりませんか？
ローマイン　ありがとうございます。（と机の上手側のいすに掛ける）
ウィルフリッド卿　（机の後ろを回ってその下手側へ行く）いまはまだ何も心配ありませんし、決して負けてはいけません。（彼は机の前に出る）
ローマイン　（間を置いてから）もちろん、わたくしは負けませんわ。
ウィルフリッド卿　それでは、はっきり申し上げましょう。あるいはもうお気づきかもしれませんが、ご主人はたったいま逮捕されました。
ローマイン　エミリー・フレンチさんを殺したというのですね？

ウィルフリッド卿　まあ、そういうことなんです。しかし、どうか取り乱さないでください。

ローマイン　さっきからそうおっしゃっていますけれど、わたくし、取り乱してはおりませんわ。

ウィルフリッド卿　え、え……そうですね。あなたには不屈の精神がおありのようだ。

ローマイン　どうとでもお好きなようにおとりくださって結構ですわ。

ウィルフリッド卿　何よりもまず落ち着いて、それから思慮深く問題に取り組むことが大切です。

ローマイン　わたくしもそう思いますわ。ただ、わたくしには何もお隠しにならないでくださいませね。どんなことでもどうぞご遠慮なく。わたくし、何もかもみんな知っておきたいんですの。（やや違った口調で）最悪の事態をも含めて……。

ウィルフリッド卿　やあ、すばらしい、立派なものだ。この問題の取り組み方は、まさにそれでなければいけないんです。（机の下手側に行き）いいですね、奥さん、わたしたちは恐怖や失望に屈することなく、事態を分別のある率直な態度で見つめていきましょう。（机の下手側に座り）早速ですが、ご主人はフレンチさんと、ひと月半ぐらい前に親しくなったそうですね。奥さんはそのう……その交友関係をご存じでしたか？

ローマイン　主人が話してくれました。ある日、車がたくさん通る道の真ん中で、おばあさんを助けてあげて、荷物も拾ってあげたんだそうです。それで、ぜひ訪ねてくるようにいわれたと聞いています。

ウィルフリッド卿　きわめて自然な成り行きだと思いますね。それでご主人はいらしたんですね？

ローマイン　はい。

ウィルフリッド卿　そして二人はとても仲よくなった……。

ローマイン　はい。

ウィルフリッド卿　奥さんもいっしょにいらしたことがあるんでしょう、当然？

ローマイン　いいえ。それはよした方がいいだろうと、レナードが申しますので。

ウィルフリッド卿　（彼女に鋭い視線を投げかけて）よした方がいいと、ご主人がね……。なるほど。まったくここだけの話ですが、ご主人はどうしてそうおっしゃったんでしょう？

ローマイン　その方がフレンチさんのお気に召すと考えたからですわ。

ウィルフリッド卿　（ちょっと神経質になり、話題をそらす）なるほど、なるほどね……

…そうですか。まあ、その点はいずれまたうかがいましょう。ご主人はそれでフレンチさんと親しくなって、彼女にこまごまとしたことをいろいろやってあげた。彼女は一人ぼっちのおばあさんで、暇をもてあましている。となると、ご主人とお友だちになれたのは、まさに渡りに舟だったんでしょうね？

ローマイン　レナードにも魅力的なところがありますし……。

ウィルフリッド卿　ええ、そりゃもう……。ご主人の側からすると、おばあさんのところへ行って喜ばせてあげるのは、〝一つの親切な行為〟だと考えていたでしょうね？

ローマイン　ええ、たぶん。

ウィルフリッド卿　あなたご自身もまったく反対はなさらなかったわけですね、ご主人がそのおばあさんと交際していることに？

ローマイン　反対したことはないと思います。はい、ありません。

ウィルフリッド卿　奥さんはもちろん、ご主人を完全に信頼していらっしゃいますね？ご主人のことはよく理解していらっしゃる訳ですし……

ローマイン　はい、主人のことはよく理解しております。

ウィルフリッド卿　やあ、あなたの冷静な態度と勇気には感心しました。たいしたものだ。あなたがご主人をひたむきに愛していらっしゃるのがわかっていましたから、じつはちょっと……

ローマイン　ひたむきに愛しているのが〝わかって〟いた……？

ウィルフリッド卿　もちろんです。

ローマイン　失礼ですけれど、わたくし、この国の生まれではないものですから、ときどきこちらの習慣がわからなくなりますの。わたくしがレナードをひたむきに愛しているかどうか、ウィルフリッド卿には本当はおわかりにならないはずですけれど、そういう場合でも、〝わかっている〟といういい方をこちらではなさいますの？

（彼女は微笑《ほほえ》む）

ウィルフリッド卿　（いささか当惑して）やあ、そういわれると困るが、ご主人がおっしゃっていたものですから……

ローマイン　レナードが申しましたの、わたくしがひたむきにあの人を愛していると？

ウィルフリッド卿　ええ、あなたの献身的な愛情を、とても感動的な言葉でたたえていましたよ。

ローマイン　わたくし、ときどき思うんですの、男ってばかなものだって。

ウィルフリッド卿　はあ？　なんとおっしゃいました？

ローマイン　いえ、べつに……。どうぞお続けください。

ウィルフリッド卿　（立って机の後ろを通って中央へ行きながら）このフレンチさんという人は相当財産のある人でしてね、しかも、一人も身寄りがいないんです。こういう一風変わったおばあさんの中には、遺言書を作るのを趣味のようにしている人がよくいるんですがね、フレンチさんもそうだったんです。生きているあいだに何通も遺言書を作り直しています。お宅のご主人と会った直後にも、また新しい遺言書を作成しました。慈善事業にほんのわずか遺贈するほかは、彼女の財産はすべてレナードさんに譲るというものです。

ローマイン　存じております。

ウィルフリッド卿　ご存じなんですか？

ローマイン　今日の夕刊で読みましたから。

ウィルフリッド卿　ああ、なるほど。しかし、新聞をごらんになるまでは、思ってもみなかったことなんでしょう？　ご主人にしても、まったく思いがけないことだったんじゃないんですか？

ローマイン　（間を置いてから）主人がそう申しましたの？

ウィルフリッド卿　ええ。その点、べつに問題はないんでしょう？

ローマイン　ええ。ええ、もちろん、べつに何も……。
ウィルフリッド卿　（机の後ろを回ってその下手側へ行き、そこに座って）フレンチさんがご主人を自分の息子か、お気に入りの甥《おい》かなにかのように思っていたことは間違いないようです。
ローマイン　（明らかに皮肉ないい方で）あの方が……レナードを息子のように……？
ウィルフリッド卿　（度を失って）ええ、そう思います。たしかにそう思いますね。それはきわめて自然なことでしょう、状況から考えてきわめて自然ですよ。
ローマイン　こちらの方って、ずいぶん偽善者ですのね。

メイヒューは暖炉の上手側のいすに座る。

ウィルフリッド卿　奥さん！
ローマイン　お驚きになりまして？　ごめんあそばせ。
ウィルフリッド卿　ええ、ちょっとびっくりしました。いかにもドイツ人らしく、合理的にお考えになるんですね。しかし、はっきり申し上げておきますが、われわれはわれわれの方針でやります。フレンチさんはレナード・ボウルに対して、まあ、母親か……あるいは……まあ、叔母のような気持を抱いていた……その線で押し通した方がはるかに賢明ですからね。

ローマイン　せめて叔母ぐらいにしておきましょう、その方がいいとお考えでしたら。

ウィルフリッド卿　何よりも陪審員に与える印象を考えなければなりませんからね。

ローマイン　はい。その点はわたくしもいろいろ考えております。

ウィルフリッド卿　やあ、そうでしょうとも。われわれはおたがいに協力し合わなければいけません。さて、問題の十月十四日の夜のことですが、まあ、一週間ちょっと前になりますね。その晩のことを憶えていらっしゃいますか？

ローマイン　よく憶えております。

ウィルフリッド卿　その晩、ご主人はフレンチさんを訪ねました。家政婦のジャネット・マッケンジーさんは外出していたんです。それでご主人はフレンチさんとトランプをやって九時頃、そこを出ました。歩いて帰り、九時二十五分頃家に着いたということですが……？　（彼は何か問いたげにローマインを見る）

ローマインは立って暖炉の方へ行く。ウィルフリッド卿とメイヒューも立ち上がる。

ローマイン　（無表情で、考えこんだように）九時二十五分でした。

ウィルフリッド卿　九時三十分に家政婦が忘れ物を取りに戻りました。彼女は居間の前を通るとき、男の人と話をしているフレンチさんの声を聞いています。家政婦はフレンチさんといっしょにいたのはレナード・ボウルに違いないと思いました。ハーン警部はこの家政婦の証言で、ご主人の逮捕に踏み切ったといっています。しかし、ご主人は、九時三十分には奥さんといっしょに家にいたのだから、完全にアリバイがあるといっています。

間がある。ウィルフリッド卿がじっと見つめているにもかかわらず、ローマインは何もいわない。

そうなんですね？　ご主人は九時三十分にはあなたといっしょにいたんですね？

彼とメイヒューはローマインを見つめる。

ローマイン　レナードがそう申しましたの？　九時半にはわたくしといっしょに家にいたと？

ウィルフリッド卿　（鋭く）違うんですか？

　長い沈黙。

ローマイン　（机の上手側のいすへ行き、やがて）いえ、間違いありません。（と座る）

　ウィルフリッド卿はほっとため息をもらし机の下手側のいすにふたたび座る。

ウィルフリッド卿　たぶん、その点はもう警察にも聞かれたでしょう？

ローマイン　はい、昨日の夜警察の方がまいりました。

ウィルフリッド卿　それであなたは……？

ローマイン　（暗記したことをそっくり繰り返すように）〝あの晩、レナードは九時三十分に帰って、その後外出はしておりません〟と申し上げておきました。

メイヒュー　（いささか不快げに）〝おきました〟？　なるほど！　（彼は暖炉の上手側のいすに座る）
ローマイン　それでよろしかったんでございましょう？
ウィルフリッド卿　それはどういう意味です？
ローマイン　（愛想よく）レナードがわたくしにいわせたかったのは、それでございましょう？
ウィルフリッド卿　それが事実ですからね。あなたもたったいまそうおっしゃったじゃありませんか。
ローマイン　わたくしもしっかりと理解しなくては。もしわたくしが、〝はい、そうです、レナードは九時半にはわたくしといっしょにアパートにおりました〟と申し上げれば、あの人は釈放されますの？

ウィルフリッド卿とメイヒューはローマインの態度に困惑する。

そう申し上げれば、主人は釈放されるんですね？
メイヒュー　（立って彼女の上手側へ行きながら）あなた方二人のおっしゃることが事

実なら、警察だって釈放しないわけにはいきませんよ。

ローマイン　でも、わたくしが警察の方にそう申し上げたときには、信じていただけなかったようですわ。（彼女はそれを苦にしている様子はなく、むしろかすかに満足しているように見える）

ウィルフリッド卿　どうしてそう思ったんです？

ローマイン　（突然、敵意をこめて）きっとわたくしの申し上げ方が悪かったんですわね？

ウィルフリッド卿とメイヒューは顔を見合わせる。メイヒューはふたたび自分の席に座る。ローマインの冷たい、無礼な視線がウィルフリッド卿のそれと出合う。二人のあいだに明らかな敵愾《がい》心が生まれる。

ウィルフリッド卿　（態度を変えながら）奥さん、あなたのそういう態度はまったく理解できませんね。

ローマイン　おわかりいただけませんの？　まあたしかに、ちょっと複雑な問題ですから……。

ウィルフリッド卿　あるいは、ご主人の立場がよくおわかりになっていないのかもしれませんね。

ローマイン　もう先ほど申し上げたつもりですけれど、主人の立場がどれほど不利か、はっきり教えていただきたいと。〝レナードは九時半にはわたくしといっしょに家にいた〟……わたくしがいくら警察にそう申し上げても、信じていただけないんです。でも、ひょっとすると、レナードがフレンチさんのお宅を出るときとか、家に向かって歩いているところを見た人がいるかもしれませんわね。（彼女は鋭く、ややずるそうに二人の顔を交互に見る）

ウィルフリッド卿は何か問いたげにメイヒューを見る。

メイヒュー　（立って中央へ行きながら、しぶしぶ）それだと助かるんですがね、ご主人は何も憶えていないし、何も思いつかないんですよ。

ローマイン　そうなると、証拠といっても主人の証言だけですのね……あとはわたくしの……。（強く）あとはわたくしの証言だけ。（不意に立ち上がり）ありがとうございました、それをうかがいたかったんですの。（と上手へ行く）

メイヒュー　しかし、奥さん、ちょっと待ってください。ご相談したいことがまだたくさんあるんですから。
ローマイン　わたくしからはもう何も申し上げられません。
ウィルフリッド卿　なぜです？
ローマイン　わたくし、法廷で宣誓しなければなりませんのでしょう、〝真実のみを話し、真実ならざることは一言も申しません〟って？　（彼女は面白がっているように見える）
ウィルフリッド卿　ええ。
ローマイン　（机の上手側のいすへ行き、その後ろに立つ。いまや明らさまにあざけって）だとすると、もしウィルフリッド卿が、（男の声を真似て）〝レナード・ボウルはその晩何時に帰宅しましたか？〟とおたずねになりましたら、わたくし……
ウィルフリッド卿　どうなんです？
ローマイン　まあ、申し上げようはいろいろございましょうけれど……。
ウィルフリッド卿　奥さん、あなたはご主人を愛しているんですか？
ローマイン　（あざけるような視線をメイヒューに移して）レナードはそう申しましたのでしょう？

メイヒュー　レナード・ボウルはそう信じています。
ローマイン　でも、あの人はあまり利口じゃないから……
ウィルフリッド卿　ご存じですか、奥さん、あなたはご主人が不利になるような証言は拒否してもいいんですよ。
ローマイン　まあ、なんて便利なんでしょう。
ウィルフリッド卿　それにご主人も……
ローマイン　（さえぎって）あの人はわたくしの主人ではありません。
ウィルフリッド卿　なんですって？
ローマイン　レナードはわたくしの夫ではございません。あの人と一応結婚式は挙げました、ベルリンで。その後すぐ、わたくしを共産圏から連れ出してくれて、こちらに……。あの人には申しませんでしたけれど、そのとき、わたくしには夫がおりましたの。夫はいまも生きておりますわ。
ウィルフリッド卿　共産圏から逃がしてくれたうえ、無事にここまで連れてきてくれたんですね？　それはおおいに感謝すべきですね。（鋭く）そうでしょう？
ローマイン　感謝の気持も、時とともに疲れてうんざりしてくるものですわ。
ウィルフリッド卿　レナード・ボウルが、何かあなたを傷つけるようなことでもあったんですか？

ローマイン　（さげすむように）わたくしを傷つける？　レナードが？　あの人はわたくしを崇拝せんばかりに大事にしていますわ。

ウィルフリッド卿　じゃ、あなたの方は？

ふたたび二人の視線は激しい火花を散らす。やがて彼女は笑って顔をそむける。

ローマイン　ずいぶん詮索好きでいらっしゃいますのね。（ドアの方へ行く）

メイヒュー　これだけははっきりさせておかなきゃいかんと思うんですがね、あなたのいうことは何かあいまいで……。ずばり、十月十四日の夜には何があったんです？

ローマイン　（一本調子に）レナードは九時二十五分過ぎに帰ってまいりまして、そのあとは外出しておりません。これであの人のアリバイは成立いたしましょう？

ウィルフリッド卿　（立ち上がりながら）ええ。（彼女の方へ行き）奥さん……（彼女と視線が合い、ためらう）

ローマイン　なんでしょうか？

ウィルフリッド卿　あなたはとても珍しい女性ですね。
ローマイン　いい意味でおっしゃったのならよろしいんですけれど……

彼女は退場する。

ウィルフリッド卿　いい意味のわけがない！
メイヒュー　まったく。
ウィルフリッド卿　何かあるな、あの女……しかし、なんだろう？　どうも気に入らないよ。
メイヒュー　部屋中キーキーわめき散らすことだけはしませんでしたね。
ウィルフリッド卿　冷たいこと氷のごとしだ。
メイヒュー　（机の上手側のいすに座りながら）どうなるんでしょうね、証人席にすえたら？
ウィルフリッド卿　（中央へ行きながら）知るもんか！
メイヒュー　すぐ検察側の餌食《えじき》になっちまいますね、とくにマイアーズ検事だったら……。

ウィルフリッド卿　お優しい神父さんでも検事になれば別だが、まあ、やられるね。
メイヒュー　じゃ、どういう作戦で行くんです？
ウィルフリッド卿　いつもの手さ。徹底的に審理を妨害するんだ。できるだけ異議申し立てをやってね。
メイヒュー　かわいそうなのはあの若いレナードが、彼女の愛情を信じ込んでいることですよ。
ウィルフリッド卿　女の愛情なんて信じちゃいかんよ。どんな女だって、その気になれば男をだますことぐらい訳ないし、まして男が自分に惚れ込んでいればなおさらだ。
メイヒュー　レナードはたしかにあの女に惚れ込んでいますよ。それに完全に信じ切っている。
ウィルフリッド卿　だからいっそうばかなのさ。女なんか信じるものじゃない。

——幕——

第二幕

舞台配置図

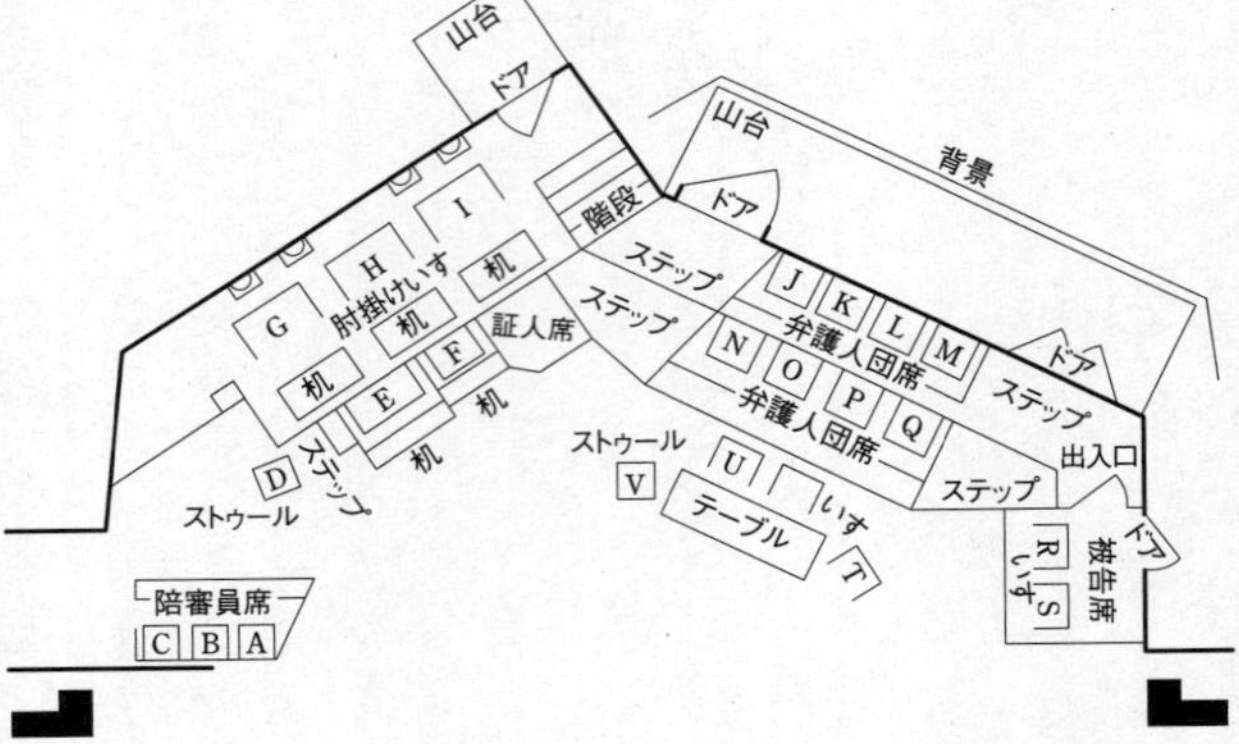

A
B 陪審員
C
D　廷吏
E　裁判所書記
F　速記者
G　判事書記
H　判事
I　参事官

J
K
L 弁護士
M
N　勅選弁護士
　　マイアーズ
O
P 弁護士

Q　勅選弁護士
　　ウィルフリッド卿
R　看守
S　レナード・ボウル
T　メイヒュー
U　警部
V　警察医

場面　〝オールド・ベイリー〟の俗称で知られるロンドンの中央刑事裁判所。六週後の朝。

法廷の下手前方から中央後方に高い壇の判事席。そこには判事、判事書記、参事官の机、肘《ひじ》掛けいすがある。判事席へは下手後方の隅にあるドアと、下手後方の法廷へ通ずる階段によって出入りする。判事のいすの後ろの壁には王室の紋章と〝正義の剣〟が飾られている。判事席の手前には裁判所書記と速記者の小さな机といす。その下手側に、廷吏の小さなストゥール。判事席の中央寄りの端のすぐ手前に証人席。中央後方には弁護士および検事の控え室に通ずるドア。上手寄り中央にはガラス窓のついた二枚開きのドアがあり、廊下と他の部屋に通じている。上手寄り中央、二つのドアにはさまれたような位置に弁護人団の席。その手前にはテーブルが一つ、いすが三脚、ストゥールが一つある。上手に被告席。被告席の入口は上手の壁にあるドア。被告席を取り囲む柵の後方に出入口が一つある。柵の中にはレナードと看守用のいすがある。陪審員席は下手前方にあり、観客には端の方の三人の席の背部だけが見える。

幕が揚がったときには、すでに開廷している。ウェインライト判事が判事席の中央に座り、判事書記がその下手側に、参事官がその上手側に座っている。判事席の手前には裁判所書記と速記者が着席している。勅選検事マイアーズは弁護人団席前列の下手側に座り、補佐官が彼の上手側に座っている。弁護人のウィルフリッド卿は同じく弁護人団席前列の上手側に座り、彼の下手側にはその補佐が座っている。女性一人を含む四人の弁護士および検事がその後列に座っている。レナードは被告席に立ち、その横には看守が立っている。テーブルの下手側のストゥールにはワイアット博士、そのすぐ手前のいすにはハーン警部、その上手側にはメイヒューが座っている。二枚開きのドアの前には警官が一人立つ。陪審員長、女性陪審員、男性陪審員の三人の姿が見える。いま、ちょうど、廷吏が起立した女性陪審員に宣誓させている。

女性陪審員　（聖書と宣誓書を持ち）……誠心誠意その評決に努め、証拠に基づき真の評決を下すことを誓います。（彼女は聖書と宣誓書を廷吏に渡し、座る）

廷吏は陪審員長に聖書と宣誓書を渡す。

陪審員長　（立って）わたくしは全能の神にかけ、女王陛下の御名《みな》の下に、被告人の審理に陪審員として参与し、誠心誠意その評決に努め、証拠に基づき真の評決を下すことを誓います。（聖書と宣誓書を廷吏に渡し、座る）

廷吏は聖書と宣誓書を陪審員席の縁に置き、下手前方のストゥールに座る。

裁判所書記　（立って）レナード・ボウル、あなたは本年十月十四日、ロンドン市内において、エミリー・フレンチを故意に殺害した容疑で起訴されています。あなたは起訴事実を認めますか？

レナード　認めません。

裁判所書記　陪審員のみなさん、被告人は本年十月十四日、エミリー・フレンチを殺害した容疑で起訴されています。被告人はこの起訴事実を否認しておりますので、陪審員各位は以後の審理によって明らかにされる証拠ならびに証言に基づいて、被告人の有罪あるいは無罪を評決してください。(彼はレナードに着席するよう指示し、自分も席に座る)

レナードと看守は座る。マイアーズが立ち上がる。

判事　マイアーズ君、ちょっと待ってください。

マイアーズは判事に会釈してふたたび着席する。

(陪審員の方を向き)陪審員のみなさん、証拠および証言の要点と、法的な問題点についての説明は、証人喚問が終了した段階で本官から行ないます。本件に関しては新聞紙上等でかなり詳細に報道されておりますので、現時点で陪審員各位に一つお願いしておきたいことがあります。それはいまみなさんが宣誓なさったとおり、あくまでも証拠に基づいて審理していただきたいということです。それも、みなさんがこれからお聞きになり、これからごらんになる証拠です。つまり、宣誓をなさる前に聞いたり読んだりなさったことは、いっさい考慮しないでいただきたい。本法廷でこれから提示されること以外は、すべて念頭から払拭《ふっしょく》していただきたいのです。本法廷以外で得た予備知識、先入観によって、被告人の有利に、あるいは不利になるような判断をなさらないように。陪審員各位は本官の意図するところをおくみ取りのうえ、誠実に任務を遂行なさるものと確信しております。マイアーズ君、どうぞ。

マイアーズは、一幕でウィルフリッド卿が真似たとおり、咳払いし、カツラを整える。

マイアーズ　ありがとうございます。裁判長閣下。さて、陪審員のみなさん、本件の審理に当たり検察側は本官ならびにバートン検事がその任に就くことになりましたが、弁護はわが畏友《いゆう》ロバーツ卿ならびにブローガン－ムーア君が担当いたしますので、厳粛にして公正なる審理になるものと期しております。本件は殺人事件でありますが、事実は単純であり、ある点までは議論の余地はありません。あの若く、しかも、陪審員各位も同意なさることと存じますが、かなり魅力のあるあの被告人が、エミリー・フレンチという五十六歳の女性といかにして近づきになったかはいずれ明らかにしてまいりましょう。また、被告人がエミリー・フレンチから、いかに優しさと、情愛さえこもった処遇を受けてきたかも、いずれおわかりいただけるものと存じます。その情愛……それがどのような性質のものであったか、それは陪審員各位のそれぞれのご判断を待つほかありません。本日ご出廷いただいているワイアット博士には、被害者は去る十月十四日の夜九時三十分から十時の間に死亡したとする検死結果をご証言いただくことにしております。さらに、フレンチさんの忠実かつ献身的な家政婦でありましたジャネット・マッケンジーさんの証言も予定しております。十月十四日は金曜日でありまして、マッケンジーさんの外出日に当たっておりました。ところが、その日は、たまたま九時二十五分に帰宅いたしました。彼女は鍵を開けて家の中に入り、二階の自分の部屋へ行こうと居間のドアの前を通りかかりました。いずれマッケンジーさん自身から証言していただきますが、そのとき彼女は居間で話し合っているフレンチさんと被告人レナード・ボウルの声を聞いたのです。

レナード　（立ち上がり）嘘だ！　それはおれじゃない！

看守がレナードを制止し、彼はふたたび座る。

マイアーズ　ジャネット・マッケンジーさんは驚きました。なぜなら、その日はフレンチさんもレナード・ボウルの来訪を予期していなかったからです。しかしながら、彼女はふたたび外出してしまい、十一時に帰宅したときに、エミリー・フレンチさんが殺害されているのを発見したのです。部屋は荒らされ、窓も打ち壊されて、カーテンが風に激しくあおられていたそうです。恐怖に打ちひしがれたマッケンジーさんはただちに警察に電話しました。そして、去る十月二十日、被告人が逮捕されました。これらの状況に鑑《かんが》み検察側は、被害者エミリー・フレンチは十月十四日午後九時三十分から同十時のあいだに、被告人レナード・ボウルによって撲殺されたとの見解を取るものであります。ここでハーン警部を喚問いたします。

ハーン警部が立つ。彼はファイルした書類をたずさえており、この場のあいだしばしばそれを参照する。彼はタイプした書類を書記と速記者に渡し、証人席に入る。書記はそれを判事に渡す。廷吏が立って、証人席の横へ行く。ハーン警部は証人席の縁から聖書と宣誓書を取る。

ハーン警部　わたくしは全能の神にかけ、わたくしが証言することはすべて真実であり、真実のみを証言し、真実以外の何ものも証言しないことを誓います。ロンドン警視庁刑事犯罪捜査課ロバート・ハーン警部。（聖書と宣誓書を証人席の縁に置く）

廷吏は自席に戻り、座る。

マイアーズ　さて、ハーン警部、去る十月十四日の夜のことですが、緊急連絡が入ったとき、あなたは勤務中だったんですね？

ハーン警部　はい。

マイアーズ　それでどうしました？

ハーン警部　ランデル部長刑事といっしょにアッシュ・グローブ街二十三番地へ行ったんです。家の中に入ってみると、居住者のエミリー・フレンチさんが死んでいました。フレンチさんはうつ伏せに横たわって、後頭部に痛撃を受けていました。窓の一ヵ所に、ノミと思われる道具でこじ開けようとした形跡があって、掛け金の近くが壊されていました。ガラスの破片が床一面に散らばっていました。あとで発見したんですが、窓の外にもだいぶガラスの破片がありましてね。

マイアーズ　窓の内と外の両方にガラスの破片があったというのは、何か特別な意味があるんでしょうか？

ハーン警部　窓が外部から壊されているのに、ガラスが外にとんでいるというのは矛盾します。

マイアーズ　つまり、内部から窓を壊しておきながら、さも外部から壊したように見せかけたということでしょうか？

ウィルフリッド卿　（立ち上がって）異議あり。検察側は自己の推量を証人の口からいわせようと強要しています。証言法の遵守《じゅんしゅ》を求めます。（彼はふたたび座る）

マイアーズ　（警部に）あなたは強盗事件にも幾度かたずさわっていますね？

ハーン警部　はい。

マイアーズ　あなたの経験では、外から窓が壊されている場合、ガラスの破片はどちらにあります？

ハーン警部 内側です。
マイアーズ 窓が外部から壊されていながら、ガラスの破片が外のかなり遠くまでとんでいたというケースはありますか？
ハーン警部 ありません。
マイアーズ ないわけですね。証言を続けてください。
ハーン警部 現場を徹底的に捜査して、写真も撮りましたし、指紋も採取しました。
マイアーズ どんな指紋が見つかりました？
ハーン警部 エミリー・フレンチさん自身のものと、ジャネット・マッケンジーさんのもの、それと……これはあとでわかったんですが、被告人レナード・ボウルの指紋が見つかりました。
マイアーズ ほかには？
ハーン警部 ほかにはありません。
マイアーズ その後、あなたはレナード・ボウル氏と会いましたか？
ハーン警部 はい。マッケンジーさんもボウル氏の住所は知らなかったんですが、テレビ、ラジオ、新聞などでアッピールした結果、ボウル氏が出頭してきました。
マイアーズ 十月二十日、逮捕したとき、被告はなんといいました？

ハーン警部　〝わかりました。行きます〟と……。
マイアーズ　それで、警部、その部屋は強盗でも入ったように見せかけてあったというんですね？
ウィルフリッド卿　（立ち上がって）証人はそうはいっていません。（判事に）裁判長閣下もご記憶と思いますが、ただいまの発言は、先刻の不適当な推量に基づくもので、その折にも弁護人は異議を申し立てております。
判事　異議を認めます。

マイアーズは座る。

同時に、証人の発言にも問題がありそうですね。その部屋が荒らされていたのは、物盗りを目的に外部から侵入した者のせいではないと、完全に決めてしまうような証言は、あまり適当とはいえないでしょうな。
ウィルフリッド卿　裁判長閣下、本弁護人も閣下のご発言にまったく同感であります。証人は根拠のない自分の意見を、一つの事実であるかのように証言しております。（彼は座る）

マイアーズ　(立って) 裁判長閣下、検察側の質問をこういう表現でいい表わせば、おそらく弁護人も納得なさるのではないでしょうか。ハーン警部、あなたがごらんになって、何者かが外部から侵入した形跡があったでしょうか、なかったでしょうか？

ウィルフリッド卿　(立って) 裁判長閣下、弁護人は引き続き異議申し立てをしなければなりません。検察側はまたもや証人から意見を求めようとしております。(座る)

判事　認めます。検察側は尋問にもう少し注意するように。

マイアーズ　それではハーン警部、外から侵入したにしては矛盾するような点が、何かあったでしょうか？

ハーン警部　そのガラスだけですね。

マイアーズ　ほかには何も？

ハーン警部　はい、ほかには何もありません。

判事　マイアーズ君、その線はもういくらつついても無駄だと思いますがね。

マイアーズ　フレンチさんは何か高価な宝石類を身に着けていたでしょうか？

ハーン警部　ダイアのブローチを一つと、ダイアの指環を二つ着けていました。九百ポンドぐらいの値打ちのものです。
マイアーズ　それは手つかずで残っていたんですね？
ハーン警部　そうです。
マイアーズ　実際に何か盗まれたものはあったんですか？
ハーン警部　ジャネット・マッケンジーさんに聞いたところでは、失くなったものは何もありませんでした。
マイアーズ　あなたの経験で、外部から押し入った者が、何も盗らずに出ていったというケースはありますか？
ハーン警部　ありません、途中で邪魔が入ったときのほかは。
マイアーズ　しかし、このケースでは強盗に入った者が、途中で邪魔されたというふうには見えませんね？
ハーン警部　はい。
マイアーズ　例の上着を見せていただけますか？
ハーン警部　はい。

廷吏が立ち上がってテーブルへと行き、上着を取って警部に渡す。

マイアーズ　これですね？
ハーン警部　はい。（彼は廷吏に上着を返す）
　　廷吏は上着をテーブルに戻す。
マイアーズ　あの上着はどこで入手したものですか？
ハーン警部　被告人のアパートで、逮捕後に見つけたものです。その後、法医学研究所のクレッグさんに回して、血痕がついていないかどうか検査してもらいました。
マイアーズ　最後に警部、フレンチさんの遺言書《いごん》を出していただけますか？
　　廷吏がテーブルから遺言書を取り、警部に渡す。
ハーン警部　これです。
マイアーズ　十月八日の日付ですね？
ハーン警部　はい、そうです。（遺言書を廷吏に返す）

廷吏は遺言書をテーブルに戻し、自席に戻る。

マイアーズ　わずかの金額を慈善団体に遺贈するほかは、すべての遺産を被告人に譲るというものですね？
ハーン警部　そうです。
マイアーズ　遺産は正味どのくらいの金額になります？
ハーン警部　そうですね……目下確認できている範囲で、ざっと八万五千ポンドですかね。

マイアーズは自席に戻る。ウィルフリッド卿が立つ。

ウィルフリッド卿　部屋に残されていた指紋は、フレンチさん自身のもの、被告人レナード・ボウルのものと、ジャネット・マッケンジーさんのものだけだったとおっしゃいましたね？　あなたの経験からいってどうでしょう、外部から押し入った者は普通指紋を残すものですか、それとも大概は手袋をはめているものなんでしょうか？
ハーン警部　手袋をはめています。
ウィルフリッド卿　必ずですか？
ハーン警部　まあ、ほとんど必ず。
ウィルフリッド卿　それじゃ、強盗事件で指紋が見つからなくても、べつに驚かないわけですね？
ハーン警部　ええ、それは……。
ウィルフリッド卿　さて、窓についていたノミの跡ですがね、それは窓枠の内側についていたんですか、それとも外側ですか？
ハーン警部　外側です。
ウィルフリッド卿　それはまさに外部侵入説と合致するんじゃないんですか？
ハーン警部　しかし、あとから家の外に出てつけることもできますし、家の中からもそのくらいのことはできますから。
ウィルフリッド卿　家の中からね？　そんなことができるんでしょうか？
ハーン警部　あそこには窓が二つ並んでいるんです。両方に窓枠がありますが、掛け金は隣合わせになっていますから、部屋の中にいる者が一方の窓を開けて、身を乗り出せば、もう一つの窓の掛け金は簡単にこじ開けられますよ。
ウィルフリッド卿　ノミは見つかったんですか、被害者の家の近くか、被告人のアパートで？
ハーン警部　はい、被告人のアパートで発見しました。
ウィルフリッド卿　ほう？
ハーン警部　しかし、窓についた傷跡とは一致しませんでしたが……。
ウィルフリッド卿　風が強かったんでしょう、十月十四日の夜は？
ハーン警部　はっきり憶えていませんが……（と書類を調べる）
ウィルフリッド卿　検察側の冒頭陳述によりますと、ジャネット・マッケンジーさんはカーテンが風にあおられていたと証言したそうです。それはあなたもお気づきになったんじゃないんですか？
ハーン警部　ああ、そうですね、そういえばカーテンが風に吹かれていました。
ウィルフリッド卿　それはやはり風が強かったからでしょうね。そこで、もし賊が外部から窓をこじ開けて、それをまたバタンと閉めれば、ガラスの破片は簡単に外に落ちるでしょうし、風に激しくあおられればなおさらでしょう。そういう可能性はありますね？

ハーン警部　はい。
ウィルフリッド卿　最近、大変遺憾ながら、凶悪犯罪が激増しています。その点は警部も同意なさると思いますが？
ハーン警部　はい、たしかにちょっと異常なほどです。
ウィルフリッド卿　この事件にしても、こういうふうには考えられませんか？　最近よくいる若い暴漢が、フレンチさんを襲って物を盗もうと押し入った。彼女をこん棒で殴りつけたところ、死んでしまったので、急に恐くなって何も盗らずに逃げ出した。あるいはアシのつきやすい宝石類は避けて、金だけを捜したのかもしれませんね？
マイアーズ　（立ち上がって）それは無理な質問です。若い暴漢と申しましても実在の人物ではありませんし、そのようなまったくの仮想の人物の心の動きを、ハーン警部に推察しろと求めるのは、無謀と申すほかありません。（座る）
ウィルフリッド卿　被告人は警察に自発的に出頭したうえ、自ら進んで供述したんですね？
ハーン警部　そうです。
ウィルフリッド卿　被告人は終始無実を主張したんですね？

ハーン警部　はい。
ウィルフリッド卿　（テーブルの上の包丁を指して）ハーン警部、ちょっとあの包丁を調べていただけませんか？

廷吏が立って包丁を取って戻り、それを警部に渡す。

この包丁を前に見たことがありますか？
ハーン警部　あるかもしれません。
ウィルフリッド卿　これはレナード・ボウルのアパートの台所にあったもので、あなたが最初にレナードの奥さんに会ったとき、奥さんに見せてもらったはずのものです。
マイアーズ　（立ち上がって）裁判長閣下、時間の節約のため、その包丁はレナード・ボウル所有のものであり、ボウル夫人がハーン警部に見せたものであることを、検察側として承認いたしたいと思います。
ウィルフリッド卿　間違いありませんか、警部？
ハーン警部　はい、間違いないと思います。
ウィルフリッド卿　包丁の刃をちょっと指に当ててみてください、気をつけてね。

警部は包丁の刃を指に当ててみる。

ハーン警部　刃がカミソリのように鋭くて、先もとがっているでしょう？

ウィルフリッド卿　はい。

マイアーズ　それで何か切っていて……そう、ハムでも切っていて、ちょっと手がすべったらひどいケガをするでしょうね、かなり出血するような？

（立ち上がって）異議あり。弁護人は専門的な意見を求めております。それは医学的な専門的意見に類するものと考えます。（座る）

廷吏は警部から包丁を受け取り、それをテーブルに置き、自席に戻る。

ウィルフリッド卿　いまの質問は撤回します。代わりにうかがいますがね、警部、被告人は上着の袖《そで》に付着したシミのことをあなたに聞かれたとき、治ったばかりの手首のキズを見せたうえ、ハムを切っているときにケガをして、その血が付いたものだといったと聞いていますが？

ハーン警部　被告人はそういっていました。
ウィルフリッド卿　レナード君の奥さんもそういっていたんでしょう？
ハーン警部　ええ、最初は。しかし、あとで……
ウィルフリッド卿　（鋭く）イエスかノーか、簡単に答えてください。レナード君の奥さんはあなたにあの包丁を見せて、レナード君はハムを切っているときに、手首にケガをしたといったんですね？
ハーン警部　はい、そういいました。

ウィルフリッド卿は自席に戻る。

マイアーズ　（立ち上がって）そもそもあの上着に注目したのはなぜだったんです、警部？
ハーン警部　袖のところが、つい最近洗ったように見えたものですからね。
マイアーズ　それで、包丁でケガをしたという話を聞いたわけですね？
ハーン警部　はい。
マイアーズ　それからさらに被告人の手首のキズに目をやった……？

ハーン警部　そうです。

マイアーズ　そのキズそのものはあの特定の包丁によるものだとしても、ほんとに偶然切ってしまったのか、わざと切ったものか、証拠になるものは何もなかったんですね？

ウィルフリッド卿　（立ち上がって）裁判長閣下、検察側は自問自答しているようなものです。これでは証人の存在が無用になります。（座る）

マイアーズ　（あきらめて）撤回します。ありがとうございました、警部。

ハーン警部は証人席から退き、上手後方から退場。彼が出たあと、警官がドアを閉める。

続いてワイアット博士を喚問いたします。

ワイアット博士が立ち上がり、証人席に入る。博士は書類をたずさえている。廷吏が立ち上がり、博士に聖書を渡し、宣誓書を掲げ持つ。

ワイアット　わたくしは全能の神にかけ、わたくしが証言することはすべて真実であり、真実のみを証言し、真実以外の何ものも証言しないことを誓います。

廷吏は聖書と宣誓書を証人席の縁に置き、自席に戻る。

マイアーズ　ワイアット博士ですね？

ワイアット　はい。

マイアーズ　あなたはハムステッド地区担当の警察医をなさっていらっしゃるんですね？

ワイアット　はい。

マイアーズ　先生、エミリー・フレンチさんの死体の検死結果を、陪審員のみなさんに話していただけますか？

ワイアット　（書類を見ながら）十月十四日午後十一時、わたくしはフレンチさんの死体の検死をいたしました。その結果、死因はこん棒のようなもので殴打されたことによる頭部の打撲で、ほとんど即死したものと思われます。死体のぬくもりおよびその他の状況から見て、死亡時間は少なくとも一時間以上前、一時間半を越えない範囲……つまり、午後九時三十分から十時までのあいだと推定いたしました。
マイアーズ　フレンチさんは抵抗したんでしょうかね？
ワイアット　抵抗したような形跡は何もありませんね。むしろ、まったく不意にやられたんでしょう。

マイアーズは席に戻る。

ウィルフリッド卿　（立ち上がって）先生、厳密には頭部のどこに打撲を受けたんでしょうか？
ワイアット　打撲は一カ所だけですか？
ウィルフリッド卿　一カ所だけです。アステリオンの左側です。
ワイアット　はあ？　どこです？
ウィルフリッド卿　アステリオンです。頭頂骨、後頭骨、側頭骨が接合しているところですよ。
ワイアット　ほう、なるほど。素人《しろうと》がいうとどこになるんです？
ウィルフリッド卿　左の耳の後ろです。
ワイアット　それは、左利きの者に殴られたということになりますか？
ワイアット　そうとはいいきれませんね。傷が垂直に走っているところから見て、真後ろから直撃されたものと思われますが、右利きの男にやられたか、左利きの男にやられたか、そこまでは推定しかねます。
ウィルフリッド卿　犯人は男と決まったわけじゃありませんよ、先生。しかし、傷の位置から見て、どちらかといえば左利きの者にやられた可能性の方が強いとはいえますね？
ワイアット　まあ、そういえるかもしれませんが、医者としては、その点ははっきりしないと申し上げておきたいですね。
ウィルフリッド卿　殴りつけたときに、その殴った者の手や腕に血が付くことはありますか？
ワイアット　ええ、それはありますね。
ウィルフリッド卿　手か腕だけですか？
ワイアット　たぶん、手と腕だけでしょうが、断定はできません。
ウィルフリッド卿　そうですね。さて、それだけの打撃を与えるには相当の力が要るでしょうね？
ワイアット　いや、あの部分は比較的弱いところですから、さほど強い力は必要としません。

ウィルフリッド卿　とすると、必ずしも男性がやったとは限りませんね。女性でもそのくらいのことができるわけでしょう？
ワイアット　できます。
ウィルフリッド卿　ありがとうございました。（彼は座る）
マイアーズ　（立ち上がって）ありがとうございました、先生。（廷吏に）ジャネット・マッケンジーさんを呼んでください。

ワイアット博士は証人席から退き、上手後方から退場する。警官がドアを開ける。廷吏は立って中央へ行く。

廷吏　ジャネット・マッケンジーさんを喚問します。
警官　（呼ぶ）ジャネット・マッケンジーさん。

ジャネット・マッケンジーが上手後方から入る。彼女は背の高い、気むずかしそうなスコットランドの女性。冷厳な顔つきで、レナードを見るたびに、ひどくいやな顔をする。警官はドアを閉める。ジャネットは証人席に入る。

廷吏は証人席の横に立つ。ジャネットは左手で聖書を取る。

廷吏　右手にどうぞ。（彼は宣誓書を掲げ持つ）

ジャネットは聖書を右手に持ちかえる。

ジャネット　わたくしは全能の神にかけ、わたくしが証言することはすべて真実であり、真実のみを証言し、真実以外の何ものも証言しないことを誓います。（聖書を廷吏に渡す）

廷吏は聖書と宣誓書を証人席の縁に置き、自席に戻る。

マイアーズ　ジャネット・マッケンジーさんですね？
ジャネット　ええ、そうです。
マイアーズ　あなたは亡くなったエミリー・フレンチさんのお宅の住み込み家政婦だったんですね？

ジャネット　ええ、家政婦はしてましたよ、それにあそこのお宅に住んではいましたがね、住み込み家政婦とはいってもらいたくないですね。あたしは家政婦紹介所なんかから来る住み込み家政婦とは違うんです。あんな家事もろくすっぽできない役立たずなんかとはね。

マイアーズ　やあ、どうも失礼しました。わたしはただ、あなたがフレンチさんにとても大事にされ、愛され、二人は非常に親しい間柄だったという意味で申し上げただけなんです。つまり、主人と雇われ人といったあいだではなかったということですよ。

ジャネット（判事に）あたしはね、フレンチさんと二十年間いっしょにいて、ずっとお世話をしてきたんですよ。フレンチさんはあたしのことをよく知っていて、信頼してくれましたしね、あたしもあの方がばかな真似をしないように、ずいぶんと骨を折ったつもりですよ。

判事　マッケンジーさん、どうぞ陪審員の方を向いてお話しください。

マイアーズ　フレンチさんという人はどういう人柄でした？

ジャネット　心の暖かい人でしたよ、ときには暖かすぎるんじゃないかと思うほどでしたね。それにちょっとばかり、見さかいなくカッとなるようなところもありましたですよ。すっかり分別を失くしちまうようなことも時たまありました。それにおだてに乗りやすくて……。
マイアーズ　被告人のレナード・ボウルに、はじめて会ったのはいつでした？
ジャネット　はじめて家に来たのは、八月の末でしたね。
マイアーズ　その後はしばしば訪れているんですか？
ジャネット　端《はな》のうちは週に一度でしたがね、あとじゃもっとちょくちょく来てましたですよ。週に二度か、多いときは三度もね。居間に座り込んでおべんちゃらたら……やれ、フレンチさんは若く見えるの、新しいドレスがよく似合うのって、そりゃあもうあなた……
マイアーズ　（やや気短に）なるほど、なるほどね。さて、マッケンジーさん、あなたの口から陪審員のみなさんにおっしゃっていただけませんか、十月十四日の出来事について？
ジャネット　あれは金曜日で、夜分お暇をいただける日でした。それであたしはグレニスター・ロードのお友だちに会いに行ったんです。歩いて三分もかからないところなんですよ。家を出たのは七時半でした。あたしはカーディガンの編み方を描いた紙を持っていく約束をしてたんです、そのお友だちがあたしのをとってもほめてくれたもんですからね。ところが先方に着いたら、なんと肝心なその紙を忘れてきちまってるじゃありませんか。それでお夕食がすんでから、〝じゃ、あたし、ちょっと帰って取ってくるわ。今夜はお天気もいいし、そう遠くはないから〟っていったんです。家には九時二十五分に戻りました。自分で鍵を開けて入って、二階のあたしの部屋に行ったんです。それで居間のドアのところを通りかかったら、レナード・ボウルとフレンチさんの話し声が聞こえたんです。

マイアーズ　被告人の声だったというのは確かですか？

ジャネット　ええ、あの男の声はよく知ってますよ、しょっちゅう家に来てたんですから。結構、いい声ですよ。まあ、声だけはね。そのときは二人でおしゃべりしたり、笑ったりしてました。でも、そんなことあたしの知ったことじゃありませんからね、あたしは自分の部屋へ行って、編み方を描いた紙を取って、階下《した》に降りて、お友だちの家に戻ったんです。

マイアーズ　時間の点をはっきりさせておきたいんですが、フレンチさんの家に一度戻ったのは、九時二十五分だったというんですね？

ジャネット　ええ。グレニスター・ロードを出たのがちょうど九時二十分でしたからね。

マイアーズ　九時二十分だったと、どうしてわかるんですか？

ジャネット　お友だちの家の暖炉の上の時計を見て、それからあたしの時計も見たんです。両方合ってました。

マイアーズ　フレンチさんの家まで歩いて三、四分だとすると、あなたは九時二十五分には家の中に入っていたことになりますが、家の中にはどのくらい……

ジャネット　十分とはいませんでしたよ。あの紙を捜すのに二、三分はかかりましたけどね、どこにしまったか憶えてなかったもんで。

マイアーズ　その後どうしました？

ジャネット　だからグレニスター・ロードのお友だちのところに戻ったんですよ。あれを見てとっても喜んでくれました、ほんとに大喜びでしたね。それで、十時四十分までそこにいて、〝おやすみなさい〟っていって、家に帰りました。それから、おやすみになる前に何かご用はないかフレンチさんにうかがおうと思って、居間に行ったんです。

マイアーズ　そこで何を見ました？

ジャネット　フレンチさんが床に倒れていたんですよ、かわいそうに頭を殴られて。タンスの引き出しはみんな引っ張り出されて床に散らばっているし、何もかもそこらじゅうにほうりだしてあるんです。花びんも壊れてころがってましたし、カーテンも風でばたばたあおられて……
マイアーズ　それであなたはどうしました？
ジャネット　警察に電話しましたよ。
マイアーズ　〝これは強盗が入ったんだ〟と、そのときほんとうに思いましたか？
ウィルフリッド卿　（とび上がって）異議あり！　（座る）
判事　検察側はいまの質問を撤回するように。証人にその答を求めるのは不適当です。
マイアーズ　それではマッケンジーさん、警察に電話したあと、あなたはどうしました？
ジャネット　家中を調べました。
マイアーズ　なんのために？
ジャネット　犯人がまだいるんじゃないかと思ってね。
マイアーズ　見つかりましたか？
ジャネット　いいえ。それに居間のほかは全然荒らされてませんでしたよ。
マイアーズ　被告人レナード・ボウルについてはどの程度のことを知っていました？
ジャネット　お金に困っていることは知ってましたよ。
マイアーズ　フレンチさんに金をせびっていましたか？

ジャネット　いいえ、あの男は利口者だからそんなことは……。
マイアーズ　被告人はフレンチさんの事務的な面の手伝いもしていたんですか、所得税の還付金とかそういったような？
ジャネット　ええ。でも、手伝うことなんかなかったんですがね。
マイアーズ　どういう意味です、手伝うことはなかったというのは？
ジャネット　フレンチさんはそういうことにかけちゃとっても頭のいい人でしたからね。
マイアーズ　自分が死んだ場合の遺産の処理について、フレンチさんがどんな準備をしていたか、あなたはご存じでしたか？
ジャネット　何か思い付くたんびに遺書を書き換えてましたよ。金持だし、誰も身寄りがないんですからね。〝わたくしの遺産はいちばん役に立つところにあげなくっちゃね〟って、いつもいってましたっけ。あるときは孤児院に寄付することになったり、あるときは老人ホーム、かと思うと、犬猫病院に寄付しようかなんていい出して……。でもね、結局はいつも同《おんな》じなんですよ。相手の人と喧嘩して帰ってきて、遺書を破って、また新しいのを作るんです。
マイアーズ　最後の遺言書はいつ作成したか、ご存じですか？
ジャネット　十月八日ですよ。前の日に、弁護士のストークさんに電話しているのを聞きました。〝また新しい遺書を作るから、明日来てください〟ってね。そのとき、いたんですよ、あの男も……あの被告人も。〝いや、いや、おれはそんな……〟なんていっちゃって。

レナードは急いでメモに走り書きする。

そうしたら、フレンチさんがこういったんです。〝でもね、わたくしがそうしたいんだからいいじゃないの、坊や。わたくし、ほんとにそうしたいのよ。憶えてるでしょ、わたくしがもうちょっとでバスに轢《ひ》かれそうになったときのこと？　ああいうことがいつまたあるかわからないもの〟ってね。

レナードは被告席から身を乗り出し、メイヒューにメモを渡す。メイヒューはそれをウィルフリッド卿に渡す。

マイアーズ　その前の遺言書はいつ作成したか、ご存じですか？

ジャネット　今年の春です。

マイアーズ　ところで、あなたはご存じでしたか、あのレナード・ボウルが結婚しているということを？
ジャネット　全然！　フレンチさんだって知りませんでしたよ。
ウィルフリッド卿　（立ち上がって）異議あり。フレンチさんが知っていたか否かは証人の推量にすぎません。（座る）
マイアーズ　それではこういいましょう。〝フレンチさんはレナード・ボウルが独身であると思っていた〟、それがあなたの〝推量〟ですね？　では、そう推量する根拠は何かありますか？
ジャネット　フレンチさんが図書館から借りてきた本があるんですよ。『この白髪《しらが》が憎い！』っていうのと、『いま、はじめて』っていうんですがね、どっちも年下の男と結婚した女の話なんです。フレンチさんが何を考えてたか、あたしだってわかりますよ。
判事　それはどうも認めにくいですね。
ジャネット　あら、どうしてです？
判事　女性がそういう本を読んでいたからといって、必ずしも年下の男性との結婚を考えていたということにはならんでしょう。

マイアーズ　被告人は妻のことを口にしたことがありますか？
ジャネット　全然。
マイアーズ　ありがとうございました。（座る）

ウィルフリッド卿が立つ。

ウィルフリッド卿（優しく穏やかに）あなたはフレンチさんに文字どおり献身的に尽くしたんですね。
ジャネット　ええ……まあ。
ウィルフリッド卿　彼女に対してかなりの影響力があったんじゃないですか？
ジャネット　ええ……たぶん。
ウィルフリッド卿　フレンチさんの前の遺言書、つまり、今年の春作成した遺言書では、遺産はほとんどすべてあなたに譲られることになっていました。そのことをあなたはご存じでしたか？
ジャネット　それはフレンチさんから聞きました。いえね、あの方はこういうんですよ。〝ああいう慈善事業なんてみんな詐欺みたいなものだわ。やれ、あっちの費用だこっちの費用だって関係のないところにばかりお金を使って、わたくしがこの人たちにと思う当の相手には少しも回そうとしないんですもの。だから、遺産はあなたにあげるわ、ジャネット。あなたが考えて、正しい有益なことだと思うことをやりなさい〟。まあ、そんなふうでした。

ウィルフリッド卿　あなたをとても信頼していたんですね。しかし、今回の遺言書では、あなたに年金を遺しているだけで、いちばん利益を受けたのは被告人のレナード・ボウルでしたね。

ジャネット　あのお金をレナードの自由にさせるようじゃ、世の中おしまいですよ。

ウィルフリッド卿　フレンチさんにはあまり友だちや知り合いがなかったようですが、なぜでしょう？

ジャネット　外にもあんまし出かけませんでしたからね。

ウィルフリッド卿　彼女がレナード・ボウルとつきあうようになって、あなたは傷つき、腹を立てたんじゃないんですか？

ジャネット　フレンチさんがたかられてるのを見るのはいやでしたよ。

ウィルフリッド卿　しかし、さっきあなたも認めたじゃありませんか、ボウル氏は金をせびったことはないって。あなたのいうのは、誰かほかの人があなたを押しのけて、フレンチさんを自由に動かしているのが気に入らなかったということじゃないんですか?
ジャネット　フレンチさんはだいぶあの男を頼ってましたよ。危ない危ないと思ってたんです、あたしは。
ウィルフリッド卿　あなたが許せる範囲を越えていたということですね?
ジャネット　もちろん、だからいってるでしょ、だまされるのを見るのはいやだったって。でも、そこがフレンチさんのいいとこだって思ってましたがね。
ウィルフリッド卿　すると、被告人はフレンチさんに対して非常に影響力があり、また彼女の方は被告人に対してなみなみならぬ愛情を抱いていたというんですね?
ジャネット　そういうことになっちまったんです。
ウィルフリッド卿　とすると、もし被告人がフレンチさんに金を無心したら、彼女はほとんど間違いなく出していたでしょうね?
ジャネット　あたし、そうはいってませんよ。
ウィルフリッド卿　しかし、実際にはボウル氏が彼女から金を受け取ったことはないんでしょう?
ジャネット　頼んだけど断わられたのかもしれませんですしね。

ウィルフリッド卿　十月十四日の夜のことに戻りますが、あなたは被告人とフレンチさんの話を聞いたとおっしゃいましたね？　どんなことを話していました？
ジャネット　どんな話かはわかりませんよ。
ウィルフリッド卿　じゃ、声を聞いただけなんですか、人が何か話しているような声を？
ジャネット　二人は笑っていました。
ウィルフリッド卿　男と女の声が聞こえて、二人は笑っていた……。そうなんですね？
ジャネット　ええ。
ウィルフリッド卿　要するに、あなたが聞いたのはそれだけなんでしょう？　男と女の笑い声だけで、何を話しているのかはわからなかった。それなのに、どうして男の声はレナード・ボウルだったといえるんです？
ジャネット　あの男の声はよーく知っていますからね。
ウィルフリッド卿　ドアは閉まっていたんでしょう？
ジャネット　ええ、閉まってましたよ。
ウィルフリッド卿　閉まったドア越しに話し声を聞いただけで、一人はレナード・ボウルだったといいきるんですね？　それは先入観じゃないんでしょうかね。

ジャネット　あれはレナード・ボウルでしたよ。
ウィルフリッド卿　あなたはドアの前を二回通ったことになりますね、ご自分の部屋へ行くときと、また出ていくときと？
ジャネット　ええ。
ウィルフリッド卿　あなたは急いでいたんでしょう、カーディガンの編み方を描いた紙を取って、またお友だちのところに戻るんだから？
ジャネット　べつに急いじゃいませんでしたよ、時間はたっぷりありましたからね。
ウィルフリッド卿　いや、わたしのいうのは、二度ともドアの前をさっさと通りすぎたんじゃないかということです。
ジャネット　そうでもありませんですよ、ちゃんと話し声は聞こえたんですから。
ウィルフリッド卿　マッケンジーさん、そんなことおっしゃると、陪審員のみなさんはあなたが立ち聞きしていたんじゃないかと思いますよ。
ジャネット　そんなことしやしませんよ、あたしはもっと面白いことがたくさんあるんだから。
ウィルフリッド卿　まあ、そうでしょうな。あなたはもちろん、国民健康保険に入っていらっしゃいますね？

ジャネット　ええ。毎週四シリング六ペンスも払わされてますですよ。働いてる女にとっちゃえらい負担です。

ウィルフリッド卿　ええ、そういう声をよく聞きますね。ところであなたは最近、健康保険で補聴器を買ってくれという申請を出しましたね？

ジャネット　半年も前に申請したのにまだ来ないんですよ。

ウィルフリッド卿　それじゃ、あまり耳のいい方じゃないんですね？　（声を低くして）あなたにはドア越しに声を聞き分けられるわけがないといったら、なんとお答えになります？

（間を置く）わたしのいったことが聞こえましたか？

ジャネット　口の中でもごもごいわれるとわからないんですよ、あたしは。

ウィルフリッド卿　要するにあなたにはわたしのいったことが聞こえなかったわけでしょう、ドアも何もないところで、ほんの一メートルしか離れていないのに？　それでもあなたはレナード・ボウルの声をはっきり聞き分けられたというんですか、ドアの向こうで二人の人が普通の声で話をしていたわけですし、あなただって二度ともさっと前を通りすぎただけだったんですからね？

ジャネット　あれはボウルでした。間違いありません。たしかにあの男でしたですよ。

ウィルフリッド卿　それは彼だと思いたいっていうことですよ。あなたは先入観を持っているんです。
ジャネット　じゃ、あれは誰だったっていうんです？
ウィルフリッド卿　それですよ。ほかの人のわけはない、だからレナードだ……あなたの心理はそういうふうに働いていく。ところで、マッケンジーさん、フレンチさんは夜など一人ぼっちで、ときどき淋しかったんじゃないですか？
ジャネット　いいえ、淋しいことはありませんよ、図書館から借りた本もあったしね。
ウィルフリッド卿　ラジオなんかも好きだったんでしょうね？
ジャネット　ええ、ラジオはよく聞いてましたですよ。
ウィルフリッド卿　ラジオの座談会や、ドラマなんかも好きだったんじゃないですか？
ジャネット　ええ、ドラマは好きでした。
ウィルフリッド卿　その晩あなたが家に帰ってドアの前を通ったとき、あなたが聞いたのはラジオだったかもしれませんね？　ラジオがついていたんで、男と女の声と、笑い声が聞こえたのかもしれないじゃありませんか。あの晩は「恋人がジャンプするとき」というのをやっていましたよ。
ジャネット　あれはラジオじゃありません。

ウィルフリッド卿　ほう、どうしてです?

ジャネット　あのときはラジオは直しにやってあったんです。

ウィルフリッド卿　(ややぎくりとして)もしフレンチさんが被告人とほんとに結婚するつもりだと知ったら、あなたはさぞ動揺したことでしょうね?

ジャネット　そりゃもうあたりまえですよ。そんなの正気の沙汰《さた》じゃないですからね。

ウィルフリッド卿　一つには、もしフレンチさんがボウル氏と結婚すれば、ボウル氏があなたを首にするように彼女を説得する可能性もありましたからね。

ジャネット　フレンチさんはあたしを首になんかしやしません、なにしろ永いつきあいですから。

ウィルフリッド卿　しかし、人ってわからないものですよ。とくに、誰かの強い影響を受けるとすると……。

ジャネット　あの男ならなんでもやりかねませんからね。うーむ、あることないことといいつけて、あたしを追い出そうとしたでしょうよ。

ウィルフリッド卿　なるほど。当時、被告人はあなたの生活を脅かす一大脅威だったわけですね。

ジャネット　あの男は何もかもひっくり返しちまうでしょうね。

ウィルフリッド卿　そう、それじゃあなたも動揺するわけだ。被告人を苦々しく思うのも無理はありませんな。（座る）

マイアーズ　（立ち上がって）弁護人はずいぶん骨を折っていたようですね。被告人に恨みを抱いていたと、あなたにいわせたい一心で。

ウィルフリッド卿　（立たずに、陪審員向けに）骨は折れませんよ、わけなく聞き出せました。

マイアーズ　（彼を無視して）あなたはほんとうに信じていましたか、フレンチさんは被告人と結婚するだろうと？

ジャネット　ええ、信じてましたよ。いまいったじゃありませんか。

マイアーズ　ええ、そうでしたね。あなたからごらんになっていかがです、被告人はフレンチさんに対してほんとにそんな影響力を持っていたんですか、彼女を説き伏せてあなたを解雇するほどの？

ジャネット　ボウルのやつ、やってみりゃよかったんですよ。うまくいくわけないんだから……。

マイアーズ　被告人はあなたを嫌っているというような何か具体的な素振りを見せたことがありますか？

ジャネット　いいえ、礼儀だけは正しい男ですからね。
マイアーズ　最後に一つ。ドア越しにレナード・ボウルの声がわかったとおっしゃいましたが、どうしてそれがわかったのか、陪審員のみなさんに話していただけませんか？
ジャネット　人の声なんて聞きゃわかりますよ、何をいっているのかはわからなくったって。
マイアーズ　ありがとうございました、マッケンジーさん。
ジャネット　（判事に）じゃ、どうも。（彼女は証人席を退き、上手後方のドアへ行く）
マイアーズ　トーマス・クレッグさんを喚問します。

警官はドアを開ける。

廷吏　（立って中央に行き）トーマス・クレッグさんを喚問します。
警官　（呼ぶ）トーマス・クレッグさん。

ジャネットは退場。トーマス・クレッグが入る。彼はノートをたずさえている。警官はドアを閉める。廷吏は証人席へ行き、聖書と宣誓書を取る。クレッグは証人席に着き、廷吏から聖書を受け取る。

クレッグ　（宣誓書は見ず、そらで）わたくしは全能の神にかけ、わたくしが証言することはすべて真実であり、真実のみを証言し、真実以外の何ものも証言しないことを誓います。（彼は聖書を証人席の縁に置く）

廷吏は宣誓書を証人席の縁に置き、自席に戻る。

マイアーズ　トーマス・クレッグさんですね？
クレッグ　はい。
マイアーズ　あなたはロンドン警視庁の法医学研究所の研究員ですね？
クレッグ　はい。
マイアーズ　（テーブルの上の上着を指して）あの上着がわかりますか？

廷吏は立ち上がり、テーブルへ行って上着を取る。

クレッグ　はい。ハーン警部に依頼されて、わたしが血痕の検査をしました。

廷吏はクレッグに上着を渡そうとするが、クレッグは不要であると手で示す。廷吏は上着をテーブルに戻し、自席に戻る。

マイアーズ　検査結果をおっしゃっていただけますか？

クレッグ　上着の両袖は洗濯してありました、まあ、あとのプレスはよくできていませんでしたがね。しかし、いくつかの検査をした結果、両袖口にたしかに血痕が認められました。

マイアーズ　血液型もわかりましたか？

クレッグ　はい。（ノートを見て）O型です。

マイアーズ　今回、もう一つ血液の検査を依頼されたんじゃないですか？

クレッグ　はい。〝エミリー・フレンチさんの血液〟というラベルを貼ったサンプルを渡されました。それも同じくO型でした。

マイアーズは自席に戻る。

ウィルフリッド卿　（立ち上がって）両方の袖口に血痕が認められたというんですか？

クレッグ　はい。

ウィルフリッド卿　わたしは片方だけだと思いましたがね……左だけだと……

クレッグ　（ノートを見て）あっ、失礼しました。左の袖口だけです。

ウィルフリッド卿　洗ってあるのも左だけでしたか？

クレッグ　はい、そうです。

ウィルフリッド卿　被告人が警察に話したことはお聞きになっていますか、手首にケガをして、その血が上着の袖口に付いたということなんですが？

クレッグ　はい、聞いています。

ウィルフリッド卿は彼の補佐から証明書を受け取る。

ウィルフリッド卿　ここにレナード・ボウルがノース・ロンドン病院で献血したという

証明書があります。血液型も書いてありますが、O型ですね。あなたのいうO型と同じでしょう？
クレッグ　はい。
ウィルフリッド卿　とすると、袖口の血は被告人の手首のものであり得るわけですね？
クレッグ　そうです。

ウィルフリッド卿は自席に戻る。

マイアーズ　（立ち上がって）O型の血液というのは多いんですか？
クレッグ　Oですか？　多いですね。わが国の四十二パーセントの人はO型ですから。
マイアーズ　ローマイン・ハイルガーさんを喚問します。

クレッグは退席し、上手後方のドアへ向かう。

廷吏　（立って中央へ行きながら）ローマイン・ハイルガーさんを喚問します。

警官はドアを開ける。

警官　（呼ぶ）ローマイン・ハイルガーさん。

クレッグは退場。ローマインが入る。彼女が証人席へ向かうと同時に、法廷全体にざわめきが起こる。警官はドアを閉める。廷吏は証人席へ行き、聖書と宣誓書を取る。

廷吏　静粛に！　（彼は聖書をローマインに渡し、宣誓書を掲げ持つ）

ローマイン　わたくしは全能の神にかけ、わたくしが証言することはすべて真実であり、真実のみを証言し、真実以外の何ものも証言しないことを誓います。

廷吏は聖書と宣誓書を証人席の縁に戻し、自席に戻る。

マイアーズ　ローマイン・ハイルガーさんですね？

ローマイン　はい。

マイアーズ　あなたは被告人レナード・ボウルの妻としてずっと生活してきましたね？
ローマイン　はい。
マイアーズ　ほんとうに妻なんですか？
ローマイン　ベルリンで一応結婚式は挙げました。でも、前の夫がいまも健在でございますので、レナードとの結婚はそのう……（言葉を切る）
マイアーズ　無効ですね。
ウィルフリッド卿　（立ち上がって）裁判長閣下、弁護人は本証人に証言を求めること自体に、断固異議を申し立てるものであります。本証人と被告人とのあいだには、結婚生活という否定し難い事実が存在するのであり、しかも、前の結婚とやらがどのようなものであったにせよ、その証拠さえまったくないのであります。
マイアーズ　ウィルフリッド卿が日頃の忍耐心を忘れずに、もう一言待っていてくだされば、裁判長閣下にも余計なお手数をわずらわせずにすんだものと、まことに遺憾に存じます。（ウィルフリッド卿はふたたび座る）
（一枚の書類を取り上げ）ローマイン・ハイルガーさん、これは一九四六年四月十八日、東ドイツのライプチヒで交付された、あなたとオットー・ゲルセ・ハイルガー氏との結婚証明書ですね？

廷吏は立ち、マイアーズから証明書を受け取り、ローマインのところへ持っていく。

ローマイン　そうです。

判事　わたしにも見せてください。

廷吏はそれを書記に渡し、書記が判事に手渡す。

これは提出物件四となりますね。

マイアーズ　しかるべく。

判事　(証明書を調べたあと)この証人には証言する資格が十分あるようですね、ウィルフリッド卿。(証明書を書記に渡す)

書記は証明書を廷吏に渡し、廷吏はそれをメイヒューに渡し自席に戻る。メイヒューはそれをウィルフリッド卿に示す。

マイアーズ　ハイルガーさん、いずれにしてもあなたは、ずっと夫と呼んできた人に対し不利な証言も、進んでしてくださるというんですね？
ローマイン　はい。

レナードは立ち上がり、看守も続いて立ち上がる。

レナード　ローマイン！　何をするつもりだ？　何をいうつもりなんだ？
判事　被告人は静粛に。いずれ弁護人からも指示があると思いますが、被告人にも間もなく、弁明の機会が与えられますから。

レナードと看守はふたたび席に着く。

マイアーズ　（ローマインに）あなたの口からおっしゃっていただけませんか、十月十四日の夜の模様を？
ローマイン　わたくしは夜ずっと家におりました。

マイアーズ　レナード・ボウルもですか？
ローマイン　レナードは七時半に出かけました。
マイアーズ　戻ったのは？
ローマイン　十時十分過ぎです。

レナードは立ち上がり、看守がそれに続く。

レナード　それは嘘だ！　おまえだって知ってるじゃないか。おれが帰ったのは九時二十五分頃だ！

メイヒューが立ってレナードの方を向き、静粛にするよう小声でいう。

誰にいわれてそんなことというんだ？　おれにはわからないよ。（あとずさりして、両手で顔を覆う。なかばささやくように）わからない……おれにはわからない。
（再び座る）

メイヒューと看守も座る。

マイアーズ　レナード・ボウルは十時十分にもどったというんですね？　それからどうしました？

ローマイン　息を切らせて、とても興奮していたんです。それから急いで上着を脱ぎすてて、両袖を調べて、わたくしに洗ってくれといいました。血が付いていましたわ。

マイアーズ　彼がいったんですね、血が付いていると？

ローマイン　〝ちくしょう、血が付いてやがる！〟って。

マイアーズ　あなたはなんといいました？

ローマイン　〝何をしたの？〟って。

マイアーズ　それに対して被告人はなんといいました？

ローマイン　〝彼女を殺したんだ〟といいました。

レナード　（立ち上がり、逆上して）嘘だ！　それは絶対嘘だ！　おれはそんなこといわないぞ！

看守が立ち上がり、彼を制止する。

判事　静粛に。

レナード　あいつのいうことはみんな嘘です。（席に戻る）

　　看守は立ったままでいる。

判事　（ローマインに）ハイルガーさん、ご自分の発言の意味がわかっていらっしゃるんでしょうね？

ローマイン　真実を申し上げなければなりませんのでしょう、わたくし？

マイアーズ　被告人は〝彼女を殺したんだ〟といったんですね。彼女とは誰のことかおわかりでしたか？

ローマイン　はい。あの人がしばしばお訪ねしていた年輩の女の方のことです。

マイアーズ　それからどうしました？

ローマイン　〝今夜はずっと家にいたことにしておいてくれ、とくに、九時半には絶対家にいたことにしておくんだ〟と申しました。わたくしが、〝あなたがやったって、警察にもわかるんじゃない？〟と申しましたら、〝いや、強盗が入ったと思うだろう。とにかく、おれは九時半にはお前といっしょに家にいたっていうことを忘れるな〝って。
マイアーズ　あなたはその後、警察の尋問を受けましたね？
ローマイン　はい。
マイアーズ　レナード・ボウルが、九時半にあなたといっしょに家にいたかどうか聞かれましたか？
ローマイン　はい。
マイアーズ　あなたはなんと答えました？
ローマイン　いたと答えました。
マイアーズ　しかし、いまになってあなたは態度を変えたわけですね。どういうわけです？
ローマイン　(不意に情熱をこめて) 事が人殺しだからですわ。あの人を救うために嘘をつきとおすことはできません。わたくし、レナードには感謝しております。わたくしと結婚して、この国へ連れてきてくれたのですから。いままで、あの人に頼まれたことはなんでもしてまいりましたけれど、それもみんな感謝の気持からです。
マイアーズ　それに愛していたからでしょう？

ローマイン　いいえ。わたくし、あの人を愛したことはありません。
レナード　ローマイン！
ローマイン　あの人を愛したことは一度もございません。
マイアーズ　あなたは被告人に感謝していた。それはこの国に連れてきてもらったから。その彼にアリバイ工作を頼まれたので、最初は同意した。しかし、あとになって、あなたはそれは間違っていると思った。そういうことですね？
ローマイン　はい、そのとおりです。
マイアーズ　どうして間違っていると思ったんですか？
ローマイン　これが殺人事件だからです。法廷にまで出てきて、〝その時間、レナードはわたくしといっしょに家にいました〟などという嘘はつけません。わたくしにはできません。どうしてもできないんです。
マイアーズ　それであなたはどうしました？
ローマイン　どうしたらいいかわからなかったんです。この国の習慣もよくわかりませんでしたし、警察がこわかったんです。そこで、わたくしの国の大使に手紙を書いて、もうこれ以上嘘はつきたくないと訴えました。わたくし、事実を申し上げたいんです。

マイアーズ　これは事実じゃありませんか。レナード・ボウルはあの晩十時十分に帰宅した……上着の袖に血が付いていた……〝彼女を殺したんだ〟とあなたにいった……みんな、天地神明に誓って事実なんでしょう？

ローマイン　はい、間違いございません。

マイアーズは自席に戻る。

ウィルフリッド卿　（立ち上がって）その結婚式を挙げたとき、あなたの前のご主人が健在であるということを、被告人は知っていましたか？

ローマイン　いいえ。

ウィルフリッド卿　その後、彼はあなたに誠実でしたか？

ローマイン　はい。

ウィルフリッド卿　それにあなたは被告人に感謝していたんですね？

ローマイン　はい、感謝しておりました。

ウィルフリッド卿　その感謝の気持を表わすために、ここへ来て彼の不利になる証言をなさっているわけですな。

ローマイン　やはり、事実を申し上げませんと……
ウィルフリッド卿　（激怒して）これがほんとに事実なんですか？
ローマイン　はい。
ウィルフリッド卿　レナード・ボウルは十月十四日の夜、犯行が行なわれた時間にはあなたといっしょに家にいたんでしょう！　あなたの話は悪意に満ちた作りごとだ！　何か被告人に恨みがあって、それをこういう形で表わしているんでしょう！
ローマイン　違います。
ウィルフリッド卿　あなたはいま宣誓したんですよ。それがわかっているんですか？
ローマイン　はい。
ウィルフリッド卿　一言ご注意申し上げますがねハイルガーさん、被告人には興味がおありにならなくとも、あなたご自身のために十分お気をつけになることですな、偽証の罪は重いんですよ。
マイアーズ　（立ち上がって仲裁に入る）裁判長閣下、弁護人の芝居がかった興奮ぶりは、陪審員目当てのジェスチャーとも受け取れますが、本証人が真実以外のことを述べていると思われる節はまったくありません。
判事　マイアーズ君、これは殺人事件の公判ですから、被告側には道理にかなう範囲内で、あらゆる自由を与えたいと思います。弁護人は続けてください。

マイアーズは席に戻る。

ウィルフリッド卿　ところで、あなたは先ほど、両方の袖口に血が付いていたとおっしゃいましたね？

ローマイン　はい。

ウィルフリッド卿　両方ですね？

ローマイン　はい、レナードが申したとおりのことを申し上げただけです。

ウィルフリッド卿　いや、ハイルガーさん、あなたはこういったんですよ。〝両袖を調べて、わたくしに洗ってくれといいました。血が付いていましたわ〟とね。

判事　わたしのノートにもそう書いてありますね。

ウィルフリッド卿　ありがとうございます、裁判長閣下。（ローマインに）あなたがおっしゃったことからすると、あなたは両方の袖口を洗ったことになりますね？

マイアーズ　（立ち上がって）裁判長閣下、今度は弁護人が間違っております。証人は〝両方の袖口を洗った〟とは申しておりませんし、〝袖口を洗った〟という言葉も

つかっておりません。（座る）
ウィルフリッド卿　ええ、その点は検察側のおっしゃるとおりです。それじゃ、ハイルガーさん、あなたは両袖を洗ったんですか？
ローマイン　思い出しました。洗ったのは片方だけでしたわ。
ウィルフリッド卿　思い出してくださってありがとうございます。あなたの記憶は当てにならないんですね。ひょっとすると、いままでのお話にも、ずいぶん記憶違いがあるのかもしれませんな。最初警察にお話しになったときには、上着の血は、ハムを切っていてケガしたときに付いたとおっしゃったと思いますが？
ローマイン　はい、そう申しました。でも、それは事実ではございません。
ウィルフリッド卿　どうして嘘をついたんです？
ローマイン　レナードにいいつけられたとおりに申し上げたまでです。
ウィルフリッド卿　それなのに包丁まで出して見せたんですか、これでレナードはハムを切っていたんですって？
ローマイン　レナードは血が付いているのに気がつくと、わざと手首を切りました。上着の血を自分のだと見せかけようとして。
レナード　（立ち上がって）おれはそんなことしてないぞ！

ウィルフリッド卿　（レナードを落ち着かせる）まあまあ、興奮しないで。

　　レナードはふたたび座る。

（ローマインに）それでは、最初警察にお話しになったことは、みんな嘘だったとお認めになるんですね？　嘘をつくのがじつにお上手《じょうず》のようですな。
ローマイン　どういえばいいか、レナードに聞いていましたから。
ウィルフリッド卿　問題は、そのとき嘘をついたのか、いま、嘘をついているのかということですね。人が殺されたことでほんとうに度を失ったのなら、最初警察に聞かれたときに、事実を話すこともできたわけでしょう？
ローマイン　わたくし、レナードがこわかったんです。
ウィルフリッド卿　（レナードの痛ましい姿を顧みながら）レナード・ボウルがこわかった！　あなたの手で、身も心も打ち砕かれたあの男がこわかったというんですか？　陪審員のみなさんにはわかると思いますね、あなたとレナードと、どちらを信ずるべきか。（座る）
マイアーズ　（立って）ローマイン・ハイルガーさん。最後にもう一つお尋ねします。

あなたの証言はほんとうに真実であり、真実のみであり、真実以外の何ものでもありませんね？
ローマイン　はい。
マイアーズ　裁判長閣下、これで検察側の証人喚問を終わります。（座る）
　　ローマインは証人席を出て、上手後方のドアへ向かう。警官がドアを開ける。
レナード　（ローマインが前を通り過ぎるとき）ローマイン！
廷吏　（立って）静粛に！
　　ローマインは上手後方から退場。警官はドアを閉める。廷吏は自席に戻る。
判事　ウィルフリッド卿、どうぞ。
ウィルフリッド卿　（立ち上がって）裁判長閣下、陪審員のみなさん、被告側といたしましても、これ以上何もいうことはないと申し上げたいところなのでありますが、そうはまいりません。いうべきことが多々あるのであります。これから申し上げることは情況証拠にはすぎませんが、被告人にとっては、これほどはっきりした証拠はありません。本法廷は、これまで、警察および各専門家の証言を得てまいりました。いずれも彼らの職務と同様に、一方に偏ることなく、まことに公正な証言であり、本弁護人といたしましても、それらの証言に対しましては、なんら異議を唱えるものではありません。しかし、一方、本法廷はジャネット・マッケンジーならびにローマイン・ボウルと自称する女性の証言も得ました。この二人の証言をゆがんでいると感じたのは、本弁護人だけでありましょうか？　ジャネット・マッケンジー……彼女は金持の女主人の遺言書からはずされていました。それというのも、この不運な青年が心ならずも彼女の地位を奪ってしまったからです。(間) ローマイン・ボウル……あるいは、ハイルガー……名前はともあれ、彼女は自分がすでに結婚していることを隠し、被告人をだまして結婚いたしました。彼女は被告人に、いくら報いようと決して尽きせぬ恩義を受けているのであります。政治的迫害から逃がれ出るために、彼を利用したのがそれでありますが、彼女は被告人に一片の愛情も抱いていないことを認めているのです。被告人はもうご用ずみになっていたわけでありましょう。そこで、本弁護人としてみなさまにお願いしたいのは、彼女の証言がどこまで信じられるか、慎重にお考えいただきたいということであります。恐らくは、嘘とは目的達成のための武器であるという有害なイデオロギーに育《はぐく》まれたであろう女性の証言であることを、くれぐれもお忘れなきように。陪審員のみなさん、本弁護人はここでレナード・ボウルを喚問いたします。

廷吏は立って証人席へと行く。レナードも立ち上がり、証人席に入る。看守が彼のあとに続き、彼の後ろに立つ。廷吏は聖書をレナードに渡し、宣誓書を掲げ持つ。

レナード　わたくしは全能の神にかけ、わたくしが証言することはすべて真実であり、真実のみを証言し、真実以外の何ものも証言しないことを誓います。（彼は聖書を証人席の縁に置く）

廷吏は宣誓書を証人席の縁に自分で置きなおしテーブルの下手側に座る。

ウィルフリッド卿　さて、ボウルさん、あなたとエミリー・フレンチさんとの交際についてはもうかがいましたが、あなたは頻繁《ひんぱん》に彼女の家を訪ねていたんですか？

レナード　はい、しょっちゅうです。
ウィルフリッド卿　どうしてでしょう？
レナード　それは、オバチャンはおれにとっても優しくしてくれたし、おれもオバチャンが好きだったからです。おれのベットシー叔母さんに似てたんですよ。
ウィルフリッド卿　あなたを育ててくれた叔母さんですね？
レナード　ええ。とってもいい叔母さんでした。フレンチさんはその叔母さんにそっくりだったんです。
ウィルフリッド卿　マッケンジーさんの証言を聞きましたね？　フレンチさんはあなたが独身だと思い、あなたとの結婚まで考えていたということですが、それは事実なんでしょうか？
レナード　とんでもない。そんなのばかげてますよ。
ウィルフリッド卿　フレンチさんはあなたが結婚していることを知っていたんですね？
レナード　はい。
ウィルフリッド卿　それじゃ、あなたとの結婚の話もべつになかった……？
レナード　もちろんありません。いったでしょう、フレンチさんは優しい叔母さんみたいに、おれを甘えさせてくれただけなんですよ。ほとんどお袋みたいだったなあ。

ウィルフリッド卿　そのお返しに、あなたはできることはなんでもしてあげた……。
レナード　（実直に）おれ、オバチャンがとっても好きでしたからねえ。
ウィルフリッド卿　陪審員のみなさんにあなたの口からはっきりいってくれませんか、十月十四日の夜のことを？
レナード　はあ……おれ、あの日、ネコブラシを見つけたんですよね、その手のものとしちゃ新しいものだったんですよ。それで……オバチャンも喜ぶと思って……。だから、おれ、あの晩持ってったんです。それだけですよ。おれ、ほかのことはなんにもしてません。
ウィルフリッド卿　それは何時でした？
レナード　八時ちょっと前です、着いたのは。ネコブラシをあげたら、すごく喜んでました。一匹の猫にやってみたら大成功でね。猫もすっかり喜んじゃって……。それからトランプをやったんです。ブリッジをね。オバチャンはブリッジが大好きだったんですよ、いつも負けるくせに……。それで、そのあと帰りました。
ウィルフリッド卿　しかし、あなたは……
判事　ウィルフリッド卿、証言に一部意味不明のところがあるんですがね、ネコブラシというのはなんです？

レナード　ブラシです、猫にブラシをかけてやるときに使うんです。

判事　ああ……

レナード　それもブラシと櫛がいっしょになってるやつなんです。オバチャンは猫を飼ってましてね、八匹もいたんですよ。家中、なんだか猫臭くって……

ウィルフリッド卿　ええ、そうでしょうね、ええ……

レナード　あのブラシならすごく役に立つだろうと思ったんですよ。

ウィルフリッド卿　あの晩マッケンジーさんには会いましたか？

レナード　いいえ。オバチャンがドアを開けてくれたんです。

ウィルフリッド卿　マッケンジーさんが外出しているということは知っていたんですか？

レナード　そのう……そんなことあんまり考えませんでした。

ウィルフリッド卿　何時にそこを出ました？

レナード　九時ちょっと前です。歩いて帰りました。

ウィルフリッド卿　家までどのくらいかかりました？

レナード　そう……二十分から三十分っていうとこですかね。

ウィルフリッド卿　とすると、家に着いたのは……？

レナード　九時二十五分です。
ウィルフリッド卿　奥さんは……まあ、一応奥さんといっておきますけれど、家にいたんですか、そのとき?
レナード　ええ、もちろん家にいました。あいつ、気が変になったに違いありません、あんなことをいうなんて……
ウィルフリッド卿　まあ、それはいまはお預けにして、話を続けましょう。家に帰ってから上着を洗ったんですか?
レナード　いや、おれ、そんなことしませんよ。
ウィルフリッド卿　じゃ、誰が上着を洗ったんです?
レナード　ローマインがその次の朝洗ったんですよ、おれの手首の血が付いちまってるって……。
ウィルフリッド卿　手首の血というと?
レナード　これです。(彼は腕を差し出し、手首を見せる)まだ跡が見えるでしょ。
ウィルフリッド卿　事件のことをはじめて知ったのはいつです?
レナード　次の日の夕刊で知りました。
ウィルフリッド卿　それで、どう思いました?

レナード　もうびっくりしちまってね。信じられませんでしたよ。それにすっかり気が転倒しちまって。新聞に強盗の仕業って書いてあったでしょ。だから、そうだろうとばかり思い込んでましたよ。
ウィルフリッド卿　それからどうしました？
レナード　警察がおれに事情を聞きたがってるって書いてあったから、もちろんおれ行ったんですよ、警察へ。
ウィルフリッド卿　警察へ行って、供述したんですね？
レナード　はい。
ウィルフリッド卿　そのときはべつに不安じゃなかったんでしょ？　それとも、いやいや供述したんですか？
レナード　いやいやだなんて、そんな。おれ、できるだけ役に立ちたかったですよ。
ウィルフリッド卿　あなたはフレンチさんから、一度でも金を受け取ったことがありますか？
レナード　ないです。
ウィルフリッド卿　フレンチさんがあなたに有利な遺言書を作成していたことは知っていましたか？

レナード　弁護士に電話して、また新しい遺書を作るんだっていうことはいってました。そんなにしょっちゅう遺書を作るのかって聞いたら、〝ええ、ちょくちょくね〟って。

ウィルフリッド卿　その新しい遺言書の内容はどんなものか知ってましたか？

レナード　いやあ、知りませんでしたよ。

ウィルフリッド卿　彼女から聞きませんでしたか、遺言書であなたに何か譲るといったようなことを？

レナード　聞いてないです。

ウィルフリッド卿　あなたの奥さんというか……まあ、あなたが奥さんと考えていた女性が、この法廷で述べた証言は聞きましたね？

レナード　ええ、聞きました。おれにはどうしてもわかりません。おれ……

ウィルフリッド卿　（彼を制して）ボウルさん、あなたがとても当惑していることはわかりますがね、いまはそういう感情は一切抜きにして、質問に率直に、簡潔に答えてください。あの証人がいったことは事実ですか、事実ではありませんか？

レナード　もちろん事実じゃありません。

ウィルフリッド卿　あなたはあの晩、九時二十五分に家に着いて、奥さんといっしょに夕食を食べたんですね？
レナード　はい。
ウィルフリッド卿　その後また外出しましたか？
レナード　いいえ。
ウィルフリッド卿　あなたは右利きですか、左利きですか？
レナード　右です。
ウィルフリッド卿　最後にもう一つうかがいます。あなたがエミリー・フレンチを殺したんですか？
レナード　いいえ、絶対違います。

ウィルフリッド卿は座る。

マイアーズ　（立って）あなたは誰かに金を無心したことはありますか？
レナード　ありません。
マイアーズ　フレンチさんが非常に裕福だということを知ったのは、つきあって間もなくですか？

レナード　金持だなんて知りませんでした、最初訪ねていくまでは。
マイアーズ　しかし、それがわかったんで、つきあいをいっそう深めることにしたんでしょう？
レナード　まあ、そう思われちまうんでしょうね。でも、おれ、ほんとにオバチャンが好きだったんですよ。金のことなんか全然関係ありません。
マイアーズ　彼女がどんなに貧しくても、ずっと訪ね続けただろうというんですか？
レナード　ええ。
マイアーズ　あなた自身は金に困っていたんでしょう？
レナード　わかってるでしょう、おれのことは。
マイアーズ　質問にはっきり答えてください。
判事　困っていたのか、いなかったのか、被告人ははっきり答えるように。
レナード　困ってました。
マイアーズ　あなたのサラリーはどのくらいです？
レナード　あのう、じつは、いまんとこ何も仕事がないんです。しばらく、失業しちまってて。
マイアーズ　最近解雇されたんですか？

レナード　いや、自分から辞めたんですよ。
マイアーズ　逮捕されたとき、どのくらいの預金がありました？
レナード　そう……実際には二、三ポンドですね。一、二週間のうちに少し入ることにはなってたんですけど……。
マイアーズ　どのくらい？
レナード　いや、大したことはないんです。
マイアーズ　要するに、金が欲しくてたまらなかったんじゃないんですか？
レナード　いや、そんなんじゃなかったですよ。まあ、ちょっとは困ってましたけど。
マイアーズ　あなたは金に困っていた。そのときちょうど金持の女性と出会った。そこでなんとか彼女に取り入ろうと、かいがいしく努力したというわけでしょう？
レナード　ずいぶんひねくれたいい方するんですね。でも、いってるでしょ、おれはオバチャンが好きだったんだって。
マイアーズ　フレンチさんは所得税の還付金のことで、あなたによく相談していたそうですね。
レナード　ええ。あの申告書ってやつ知ってるでしょう？　なんだかわけがわかりませんからね。オバチャンもまるきしお手上げで……。

マイアーズ　マッケンジーさんの話では、フレンチさんはとてもビジネスの才能があって、事務的なことは立派に処理できたそうじゃありませんか。
レナード　しかし、オバチャン、おれにはそうはいってませんでしたよ。こういう書類はおよそ苦手だっていって……。
マイアーズ　所得税の申告を手伝っていたのなら、彼女の所得総額がいくらになるか、当然知っていたわけですね？
レナード　ええ、それはもちろん知ってました。
マイアーズ　あなたには都合のいい仕事でしたね。ところで、奥さんを一度もフレンチさんのところへ連れていかなかったというのは、どういうわけなんでしょう？
レナード　わかりません。なんとなくそんなムードじゃなかったんです。
マイアーズ　フレンチさんも知っていたというんですね、あなたが結婚しているということを？
レナード　ええ。
マイアーズ　でも、奥さんを連れていらっしゃいとは一度もいわなかったんでしょう？
レナード　はい。
マイアーズ　なぜでしょう？

レナード　それはわかりません。オバチャンは女は嫌いだったんじゃないかな。
マイアーズ　ハンサムな若い男性の方がよかったんでしょうかね？　あなたの方もしいて奥さんを連れていこうとはしなかったんでしょう？
レナード　ええ、それはもちろんしませんでした。だって、うちの女房はドイツ人だってオバチャンも知ってたし、それに……いや、よくわかんないけど、オバチャンはおれたち夫婦はうまくいってないんだって思い込んでたみたいなんです。
マイアーズ　あなたがそう思い込ませたんでしょう？
レナード　そんなことはないです。それはオバチャンのそのう……希望的観測っていうんですか、それだったと思うんです。
マイアーズ　彼女はあなたに夢中だったということですか？
レナード　いや、そんなんじゃないですよ。でも、そのう……あっ、そうそう、よくお母さんが息子にそういうことあるじゃありませんか。
マイアーズ　というと？
レナード　息子がガールフレンドを作ったり、婚約したりするのをすごく嫌うお母さんっているでしょう？
マイアーズ　あなたはフレンチさんとのつきあいで、何か金銭的な利益を期待していたんじゃないんですか？

レナード　検事さんのいうような意味だったら、そりゃないですね。

マイアーズ　わたしのいう意味ならない？　わたしのいう意味がどういう意味なのか、当のわたしよりあなたの方がわかっているようですね。それでは、どういう意味で金銭的利益を期待していたんですか？　（間）もう一度いいましょう、あなたはどういう点で金銭的利益を期待していたんですか？

レナード　じつをいうと、おれ、一つ発明したものがあるんですよ、自動車のワイパーの一種なんですがね、雪のときにすごくいいんです。それで、資金を出してくれる人を捜してたもんですから、ひょっとするとオバチャンなら出してくれるんじゃないかと思って……。でも、おれ、それだけでオバチャンの家へ行ったわけじゃないんですよ。ほんとにおれ、オバチャンが好きだったんです。

マイアーズ　ええ、ええ、それはもう幾度も聞きました、どれほどフレンチさんが好きだったかはね。

レナード　（不機嫌に）ほんとうなんです。

マイアーズ　ところで、ボウルさん、フレンチさんが亡くなる一週間前に、あなたは旅行社へ行って、海外旅行について詳しく調べていますね？

レナード　調べちゃいけないんですか？
マイアーズ　いいえ。旅行に行く人はたくさんいます、それだけの余裕《ゆとり》のある人はね。しかし、あなたはそんな余裕はなかったんじゃないんですか？
レナード　ええ、おれは金に困ってましたから。さっきいったでしょ。
マイアーズ　それでもあなたはその旅行社へ行った、ブロンド、というよりイチゴ・ブロンドといっしょに……
判事　イチゴ・ブロンドというと？
マイアーズ　はい、赤味がかった金髪の女性のことです。
判事　ブロンドのことならなんでも知っているつもりでいたんだが、イチゴ・ブロンドとはねえ……まあ、続けてください。
マイアーズ　（レナードに）どうなんです？
レナード　女房はブロンドじゃないし、ちょっと面白い子だったもんですからね。
マイアーズ　旅行社へ行ったことは認めるんですね？　しかも、安いコースではなくて、いちばん費用のかかる、非常に豪華なコースをねらっていたようですが、どうやって出すつもりだったんですか、そんな大金を？
レナード　出せやしませんよ。

マイアーズ　一週間後には、あなたを信じ切っている老婦人から、多額の金を相続することがわかっていたからなんじゃないんですか？

レナード　そんなこと全然考えませんでしたよ。ただ、おれ、気分がくさくさしてて、ちょっと見たらウィンドウにポスターが貼ってあったんですよね。ヤシの木やココナッツや青い海がきれいでした。それで中へ入って聞いてみたんです。そうしたらそこのやつが、おれのこと、すごく見下したような顔で見るんですよ。まあ、おれも薄汚い格好してたからなんだけど、でも、ちょっと腹が立ってね。それで一芝居打ってやったんです。（その場を思い出して楽しんでいるかのように急にニヤッと笑って）そこのいちばんカッコいいコースかなんか聞いちゃってね……すごいデラックスなんですよ、船なんかボートデッキの特等船室ってやつだし……

マイアーズ　そんな話を陪審員が信じるとでも思っているんですか？

レナード　べつに誰かに信じてもらおうなんて思ってませんよ。ただ、そうだったからそうだったっていってるだけです。金持ゴッコみたいなもんだし、子供っぽいっていや子供っぽいですよ。だけど、ちょっと面白かったし、楽しかったな、おれは。（不意に哀れっぽく）そのとき、誰かを殺そうなんて思ってたわけじゃないですよ。金を相続するなんて考えてたわけじゃないんです。

マイアーズ　それでは、まったく偶然の一致だったんですね、それからほんの数日後にフレンチさんが殺されて、あなたが法定相続人になったのは？
レナード　何度もいってるでしょ。おれはオバチャンを殺してなんかいませんよ。
マイアーズ　あなたの話では、十四日の夜は九時四分前にフレンチさんの家を出て、歩いて帰り、九時二十五分に家に着いた。それで、あの晩はそのあとずっと家にいたということでしたね？
レナード　ええ。
マイアーズ　あなたも聞いたでしょう、ローマイン・ハイルガーという女性が、法廷でそれに相反する証言を述べたのを？　あなたも聞いたでしょう、あなたが帰ったのは九時二十五分過ぎではなく、十時十分過ぎだったと彼女がいったのを？
レナード　あれは嘘だ！
マイアーズ　あなたの着衣に血が付いていたこと、フレンチさんを殺したと彼女にはっきり認めたこと、それもみんな嘘だというんですか？
レナード　みんな嘘です。あいつがいったことはみんな嘘です。
マイアーズ　それなら理由を聞かせてください、あなたの奥さんとしてずっと過ごしてきたあの若い女性が、事実でもないのに、わざわざああいう証言をしたのはなぜなんです?
レナード　いや、わかりません。ほんとに恐ろしいです。何も理由なんてないですよ。あいつ、気が狂ったに違いありません。
マイアーズ　彼女が気が違ったと思うんですか?　とても冷静で、異常なところなどまったく見受けられませんでしたがね。まあ、あなたとしては、そうとしかいいようもないでしょうけれど。
レナード　おれにはわからない。ああ、一体どうしたっていうんだ……あいつ、どうしてあんなに変わっちまったんだろう!
マイアーズ　まさに迫真の演技ですね、ボウルさん。しかし、この法廷では事実を扱っているのであって、そういう芝居は通用しないんですよ。しかもその事実ですがね、あなたがエミリー・フレンチの家をあなたのいう時間に出て、九時二十五分過ぎに家に帰って、その後はもう外出しなかったという〝事実〟は、あなたの言葉のほかにはなんら証拠がないんです。
レナード　(荒々しく)誰かおれを見てるはずなんだ……通りか……家へ入っていくところを……。
マイアーズ　まあ、そう思うでしょうがね、実際には、あの晩あなたの帰宅を目撃した唯一人の人が、あなたが帰ったのは十時十分だったといっているんです。しかもその人は、あなたの上着には血が付いていたともいっているんですよ。
レナード　手首にケガをしたからだ。
マイアーズ　そのぐらい簡単にできますからね、疑われたときの用心に。
レナード　（泣きくずれて）あんたは何もかもゆがめちまうんだ！　おれのいうことをみんなゆがめちまうんだ！　あんたのいうことを聞いてると、おれは何か別の人間みたいになっちまうよ！
マイアーズ　あなたは自分の手首を、わざわざ自分で切ったんです。
レナード　いや、違う。おれはそんなことはしてない。でも、あんたはまるでほんとにおれがそんなことをしたみたいにいうんだ。おれもそんな気になってくるほどだ。
マイアーズ　あなたは十時十分に家に帰ったんです。
レナード　違う。信じてくれ。おれを信じてくれ。
マイアーズ　あなたがエミリー・フレンチを殺したんです。
レナード　違う、おれじゃない！

レナードとマイアーズへのスポットを除いて照明が急に薄れていく。レナードの台詞が終わり、幕が降りるときにもまた溶暗となる。

おれじゃない！　おれは誰も殺しちゃいない！　ああ、おれは悪い夢を見ているんだ。恐ろしい、いやな夢を見ているんだ。

――幕――

第三幕

舞台配置図

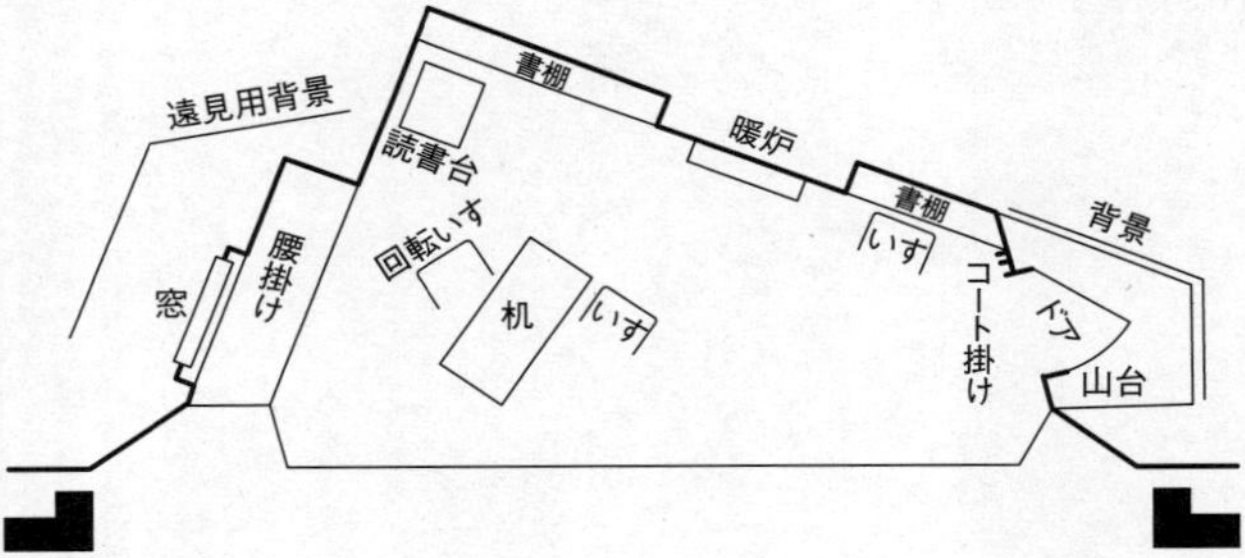

一場

場面　勅選弁護士ウィルフリッド・ロバーツ卿の事務室。同日の夜。

幕が揚がると舞台には誰もおらず、暗い。窓のカーテンが開いている。間もなくグリータが入り、ドアを開け放す。メイヒューとウィルフリッド卿が入る。メイヒューはブリーフ・ケースを持っている。

グリータ　お帰りなさいませ。いやなお天気ですね。

彼女は後ろ手でドアを閉め退場。

ウィルフリッド卿　ひどい霧だ。（ドアの手前にあるスウィッチを押して壁のブラケットをつけ、窓の方へ行く）

メイヒュー　ほんとにいやな天気ですね、今夜は。（帽子とオーバーを脱ぎ、上手後方に掛ける）

ウィルフリッド卿　（窓のカーテンを閉めながら）正義なんていうものはどこへ行ってしまったんだ。息が詰まりそうな法廷を脱け出して、新鮮な空気を吸おうと思えば……（机の上のスタンドをつけ）……この霧だ！

メイヒュー　ローマイン・ハイルガー夫人の奇妙な行動も、深い霧につつまれたままですね。（机へ行き、ブリーフ・ケースを机の上手側後方に置く）

ウィルフリッド卿　あのいやらしい女め！　そもそも最初に会った瞬間からそう思ったよ。これはやっかいなことになるってピンと来たんだ。何かあることはわかっていたさ。まったく執念深い女だ。被告人席にいるあんな単純な若い坊やにはとてもわからないような、何か根深い恨みを抱いているに違いない。しかし、一体なんなのだろう？　何をねらっているんだろう？　どうだい、メイヒュー？　（彼は机の前

メイヒュー　レナード・ボウルを殺人罪にしようとしているようですがね。
ウィルフリッド卿　（下手前方へ行きながら）しかし、なぜだ？　レナードがあの女にしてやったことを考えてみろ。
メイヒュー　してやりすぎたのかもしれませんよ。
ウィルフリッド卿　（机の下手後方へ行きながら）それでかえって彼を軽蔑しているわけか？　それは大いにあり得る。まったく恩知らずだからな、女っていうやつは。しかし、なぜ復讐心を燃やしているんだろう？　レナードがいやになったのなら、自分が出ていきさえすれば事がすむじゃないか。（机の後ろを通って上手へ行き）経済的にはあの男といっしょにいる理由はなさそうだしな。

グリータが入り、机の方へ行く。彼女はお茶を二つ載せた盆を持っている。

グリータ　お茶をお持ちしました。先生。メイヒューさんもどうぞ。（彼女は机の両側にカップを置く）
ウィルフリッド卿　（暖炉の上手側に座って）お茶か？　飲みたいのはオチャケの方だ。

グリータ　あら、先生はいつもとてもお茶がお好きなのに。今日はいかがでした？
ウィルフリッド卿　法廷か？　最低だ。

メイヒューは机の上手側に座る。

グリータ　（ウィルフリッド卿の方へ行きながら）まあ、いやだ。がんばってくれなきゃ困りますよ、先生。あの人は絶対やってないんですから。あたし信じているんです、あの人はやってないって。（彼女はドアの方へ行く）
ウィルフリッド卿　きみはまだ信じているのか……。
（考えこんだ様子で彼女を見つめ）どうしてだね？
グリータ　（自信を持って）あの人はそういうことをするタイプじゃありません。とてもいい人ですもの、いかにも人がよさそうで。おばあさんの頭をこん棒で殴るみたいなことは絶対しませんよ、あの人は。無罪にしてあげるんでしょ、先生？
ウィルフリッド卿　ああ……まあ……無罪にしてやるさ。

グリータは退場する。

（立って、ほとんど一人言のように）しかし、どうやって無罪にするんだ？　陪審員の中で、たった一人女が……あれは、同情かな……明らかに女はみんな好感を持つ……なぜかはわからない……特別そのう……（机の下手側へ行き）ハンサムというわけでもないが。きっと母性本能をくすぐるようなものがあるんだな、あの男には。女はあの男を見ると、何か保護してやりたいような気持になるんだろう。

メイヒュー　それに反してローマイン・ハイルガーは……まあ、母親的なタイプではありませんね。

ウィルフリッド卿　（お茶を取り、それを持って上手へ行きながら）ああ、あれは情熱的なタイプだ。あのクールな自制心の裏には、熱い血潮が渦巻いているに違いない。男が裏切ろうものなら、ナイフでぐさりとやりそうな女さ。ちくしょう、なんとしてもあの女を叩きつぶしてやりたいよ。あの女の嘘を暴き出して、何をねらっているのか、白日の下にさらけ出してやりたいね。

メイヒュー　（立ってポケットからパイプを取り出しながら）こういっちゃなんですがね、先生、先生はこの件を彼女との個人的な決闘みたいに考えているんじゃないんですか？　（彼は暖炉へ行き、マントルピースの上のパイプ・クリーナーを取り、

　パイプの掃除をする)

ウィルフリッド卿　わたしがか？　うん、あるいはそうかもしれないな。しかし、あれは悪い女だよ、メイヒュー。わたしは確信しているね。それにあの青年の命は、きみのいう決闘の成り行きいかんにかかっているんだ。

メイヒュー　(考えこんで)陪審員も彼女には好感を持っていないと思いますがねえ……。

ウィルフリッド卿　ああ、それは確かだよ。わたしもそう思うね。そもそも彼女はこの国の人間じゃないからね。陪審員は外国の人間は信用しないものなんだ。おまけにあの女はレナードと結婚しているわけでもない。まあ、自分で重婚罪を認めているようなものさ。

　　メイヒューはパイプ・クリーナーを暖炉にポンと投げ込み、机の上手側へ行く。

どこを取ったって受けるはずはないよ。あげくのはて、男が窮地に追い込まれているときについていてやらないんだからね。まあ、この国の人間は、ああいうのは好まないよ。

メイヒュー　その点は有利ですね。

ウィルフリッド卿　（机の後ろを回ってその下手側へ行きながら）ああ、しかし、それだけではね……。彼の供述には確証がまったくないんだから……。（お茶のカップを机に置く）

メイヒューは上手へ行く。

事件当夜、フレンチさんといっしょにいたことは認めているんだし、指紋はそこらじゅうに付いているし、家へ帰る途中、彼を見かけた者はいくら捜してもいない。しかも、まったくいまわしい遺言書の問題まで出てきている。（机の後ろに立って）あの旅行社の一件だって、あれじゃ通用しないよ。被害者が彼に有利な遺言書を作った。そのあとすぐ豪華な海外旅行の問い合わせをしている。ツイていないにもほどがある。

メイヒュー　（暖炉の方へ行きながら）そうですねえ。あの説明じゃ人は納得しないでしょう。

ウィルフリッド卿　(不意にまったく態度を変え、きわめて人間らしくなって) いや、しかしね、うちの女房はあれをやるんだよ。
メイヒュー　なんのことです？
ウィルフリッド卿　(優しい微笑を浮かべて) 旅行社に遠大なる海外旅行の日程を作らせるんだよ。わたしと二人で行くっていうことにしてね。(マントルピースからタバコのつぼを取り、それを机の上に置く)
メイヒュー　ありがとうございます。(机の上手側に座り、パイプにタバコを詰める)
ウィルフリッド卿　細かいところまですっかり計画を立ててね、バーミューダ島で船とバスの接続が悪いからどうしよう。(机の下手側へ行って) 時間の節約のために飛行機で行こうか、でも、そうなると景色がよく見られない……(机の下手側に座って) それで、あなたはどう思うかとお出でなさる。そこで、わたしはこういうんだ、〝わたしはどっちでもいいよ。お前の好きなようにしなさい〟ってね。おたがいにこれはゲームみたいなものだということはわかっているのさ。それで最後はいつも同じなんだ、やっぱり面倒だから家にいようということになる。
メイヒュー　うちの女房の場合は家なんです。
ウィルフリッド卿　家？

メイヒュー　家屋が売りに出されると、必ず間取図や何かを取り寄せるんです。イギリス中の売り家で、あいつが間取りを知らない家なんて一軒もないんじゃないかな。それで、これはあたしの部屋、こっちはあなたの書斎って具合に部屋割りをして、どことどこを改築する必要があるかあれこれ考えるんです。カーテンからいすのカバーから、壁紙まで総合的な色彩プランも立ててますよ。（立ってタバコのつぼをマントルピースに置き、ポケットに手を入れマッチを捜す）

ウィルフリッド卿とメイヒューは顔を見合わせ、微笑《ほほえ》む。

ウィルフリッド卿　なるほどね。（ふたたび勅選弁護士に戻り）しかし、われわれの女房の気まぐれな空想を引き合いに出しても証拠にはならないからな、あいにく。まあ、ボウルがどうして海外旅行のパンフレットをもらいに行ったか、多少はわかってもらえるだろうが。

メイヒュー　夢のような計画って、誰にでもありますからね。

ウィルフリッド卿　（机の引き出しからマッチを取り出し）マッチならあるよ。（とそれを机に置く）

メイヒュー（机の上手側へ行き、マッチを取る）ありがとうございます。
ウィルフリッド卿　ジャネット・マッケンジーのときはかなりツイていたな。
メイヒュー　ああ、あの偏見を突いたときでしょ？
ウィルフリッド卿　ああ、あのばあさんの先入観を大いに強調してやったよ。
メイヒュー（机の上手側に座って）あれもだいぶ利き目がありましたよ、彼女が耳が遠いっていうこと。
ウィルフリッド卿　ああ、あれね。あれはうまくいったよ。しかし、ラジオの一件じゃ逆にこっちが一本取られたがね。
メイヒューはマッチ箱が空なのを知り、それを屑籠《くずかご》に棄て、パイプをポケットにしまう。
メイヒュー　ええ、いまは……。
ウィルフリッド卿　なあ、メイヒュー、真相はどうなんだろう？　やっぱり強盗の犯行かな？　警察だってその可能性は否定できないはずだ。喫わないのか？

メイヒュー　しかし、警察は実際にはそう思っていませんし、連中がミスをやることはそうそうありませんからね。あの警部は絶対的な自信を持っていますよ、内部からやった仕事だって、つまり、窓は内側からこじ開けたものだってね。
ウィルフリッド卿　（立ち上がって机の前を通って上手へ行きながら）しかし、警部が間違っているのかもしれない。
メイヒュー　どうですかね……。
ウィルフリッド卿　しかし、もしそうだとすると、ジャネット・マッケンジーが聞いた男の声というのは誰なんだろう、九時半にフレンチさんと話をしていた男というのは？　その答は二つあるような気がするね。
メイヒュー　というと？
ウィルフリッド卿　まず第一は、警察が強盗の線に疑惑を抱いていることを知ったマッケンジーが、この話をみんなでっち上げたということだ。
メイヒュー　（ぎょっとして）あのばあさん、そんなことはしないでしょう？
ウィルフリッド卿　（中央へ行きながら）とすると、彼女が聞いたのは誰の声なんだ？　まさか強盗がフレンチさんと楽しげにおしゃべりしていたわけじゃあるまい……（彼はポケットからハンケチを取り出す）これからこん棒で頭を殴りつけようって

いうときに？（彼はハンケチでメイヒューを打つ）

メイヒュー　それはたしかに変ですよね。

ウィルフリッド卿　あのちょっと気味の悪いばあさんなら、話をでっち上げるぐらいのことはやりそうだ。あのばあさんならなんでもやりかねないよ。ああ……（意味ありげに）マッケンジーならやりかねない……なんでも。

メイヒュー　（ぞっとして）とすると……じゃ……

カーターが入り、後ろ手でドアを閉める。

カーター　失礼します。若い女の方がお目にかかりたいといっていますが。何かレナード・ボウルのことだとか……

ウィルフリッド卿　（気乗りしない様子で）なんだ、頭がおかしいのか？

カーター　いやいや、それならわたしにもすぐわかりますよ。

ウィルフリッド卿　（机の後ろへ行き、カップを取って）どういう女だ？

カーター　（ウィルフリッド卿からカップを受け取り）まあ、どちらかというと品のないほうですね、口の利き方もなれなれしくって。

ウィルフリッド卿　それで、なんの用なんだ？
カーター　（さもいやそうに女の言葉を引用する）〝ボウルって人にちっとばかり役に立ちそうなことがアンノヨ〟とのことです。
ウィルフリッド卿　（ため息をついて）あんまり期待はできないが、まあ、お通ししなさい。

カーターはカップを持って退場。

どう思う、メイヒュー？
メイヒュー　まあ、溺れる者はワラをもつかむってやつですよ。

カーターが女を招じ入れる。彼女は三十五歳ぐらい。けばけばしいが、安っぽい身なり。顔の片方に金髪が垂れ下がっている。きわめてどぎつい化粧。ハンドバッグも使い古しのもの。メイヒューは立ち上がる。

カーター　この方《かた》です。

カーターは退場。

女（ウィルフリッド卿からメイヒューへと鋭く視線を移して）あらどういうわけ？
二人もいんじゃない。あたし、二人なんかに話すのいやよ。（と去りかける）

ウィルフリッド卿　こちらは事務弁護士のメイヒューさんです。レナード・ボウルの代理人ですよ。わたしは法廷で被告側の弁護を担当しているウィルフリッド・ロバーツ卿です。

女（ウィルフリッド卿をじっと見つめて）ああ、あんたがさっきの弁護士？　カツラつけてないんだもん、わかんなかった。みんなすごくすてきだったわよ、カツラつけてたから。

メイヒューはウィルフリッド卿を肘《ひじ》でそっと突き、それから机の後ろに立つ。

なんか二人で相談してたのね？　それだったら、あたし、役に立つかもよ、あんたたちがそれだけのことしてくれんならね。

ウィルフリッド卿　しかし、まだ、お名前も……

女　(机の上手側のいすへ行き、そこに座って) そんなのいいじゃない。名前をいったって、ほんととはかぎらないわよ。でしょ？

ウィルフリッド卿　(中央に立って) それではご随意に。ただ、おわかりでしょうが、何か証拠になることをご存じなら、進んでお申し出になるのが国民としての義務ですよ。

女　ふん、ばからしい！　あたし、何か知ってるなんていってないでしょ？　ただ、いいモノを持ってんの。その方が手っ取り早いんじゃない？

メイヒュー　何をお持ちなんです？

女　ホラホラ、乗ってきた！　あたし、今日の裁判見てたのよ。聞いたわ、あのド助平女のいうこと。何よ、あれ、高慢ちきで横柄で！　ほんとにイケスカナイ女だわ。ああいうのを〝悪女〟っていうのね。

ウィルフリッド卿　まあ、そうですね。しかし、あなたのおっしゃるその特別な資料というのは……

女　(狡猾《こうかつ》に) うん、それだけどさ、いくらくれんの？　すごい値打ちよ、こればっかしは。百は欲しいとこね。

メイヒュー　わたしたちとしては、その種のものを容認するわけにはいかないんですがね、しかし、もう少し詳しくおっしゃっていただければ、あるいは……
女　ブツを見ないうちは買えないってわけね？
ウィルフリッド卿　ブツ？
女　ブツ！　現物《げんぶつ》よ！
ウィルフリッド卿　ああ……ええ、まあ、そういうことです。
女　尻尾をつかまえてあんのよ、あの女の。（ハンドバッグを開け）じつをいうとね、手紙なのよ、手紙。
ウィルフリッド卿　手紙というと、ローマイン・ボウルから被告人に当てた手紙ですか？
女　（げびた笑い方をして）被告人に？　笑わせないでよ。レナードって男もかわいそうに、あの女にすっかりだまされちゃって。（ウインクして）とにかくこれは売り物なんですからね、それを忘れないでちょうだい。
メイヒュー　（穏やかに）その手紙を見せていただければ、それがどの程度妥当なものか申し上げられるんですがね。
女　つまり、値ぶみをしたいってことね？　いいわ、見せもしないで買えっていったたって無理だもんね。ただ、絶対ズルはなしよ。もしこの手紙が役に立って、あの坊やが助かって、ドイツ女の始末がついたら、百ポンドいただきよ、いいわね？

メイヒュー　（ポケットから財布を取り出し、十ポンド引き出して）その手紙の中に、何か被告人の役に立つようなことがあったら、お車代として十ポンド差し上げましょう。

女　（絶叫せんばかりに）たった十ポンド！　冗談じゃない。

ウィルフリッド卿　（メイヒューの方へ行き、彼から財布を取り）わたしの依頼人の無実を証明する手紙をお持ちなのでしたら、お骨折料として二十ポンドでも高くはないと思いますね。（彼は机の下手側へ行き財布から十ポンド取り出す。空になった財布をメイヒューに返し、最初の十ポンドをメイヒューから取る）

女　五十ポンド！　五十ポンドで手を打つわ。手紙が役に立ったら払うってことでいいわよ。

ウィルフリッド卿　二十ポンドです。（と札を机に置く）

女は彼を見つめ、唇をなめる。彼にはとてもかなわないと知る。

女　まあ、いいわ、まけとくわよ。さあ、お取んなさい、こんなにあるのよ。（とハンドバッグから手紙を取り出す）いちばん上のが役に立つはずよ。（彼女は手紙を机に置き、金を取ろうとする）

ウィルフリッド卿はすばやく金を取り上げる。女も手紙をさっと取り戻す。

ウィルフリッド卿　ちょっと待ってください。これは彼女の自筆の手紙なんでしょうね？

女　そうよ、あの女の字よ。あの女が書いたの。嘘じゃないわ。

ウィルフリッド卿　しかし、その証拠がありませんからね。

メイヒュー　待ってください、ローマインの手紙なら持ってますよ、ここにはありませんが、わたしの事務所にあります。

ウィルフリッド卿　どうやら信用するほかなさそうですね……（と札を渡し）……差し当たっては。（彼は女から手紙を受け取り、それを開いて読みはじめる）

女は二人を注意深く見守りながら、ゆっくり札を数える。メイヒューはウィルフリッド卿の方へ行き、手紙をのぞきこむ。女は立ち上がり、ドアの方へ行きかかる。

メイヒュー　（彼の肩越しに手紙を読みながら）冷酷そのものだ。

ウィルフリッド卿　（女の方へ行きながら）これはどうやって手に入れたんです？

女　それはいえないわ。

ウィルフリッド卿　あなたはローマイン・ボウルにどんな恨みがあるんです？

（メイヒューに）信じられないね。まったく信じられないよ。

女は机の方へ行き、突然、芝居がかった仕草で顔をぐいと振り向け、スタンドを自分の方に向ける。ずっと観客から見えないようにしていた彼女の顔の半面に明りが当たる。同時に、彼女は垂らしていた金髪を後ろへかき上げる。彼女の頬には深く切りつけられた、醜い傷跡があるのがわかる。ウィルフリッド卿は思わず叫び声をもらし、後ろへ下がる。

女　わかった？

ウィルフリッド卿　ローマインにやられたんですか？

女　あたしがつきあっていた男にやられたのよ。（中央へ行きながら）あの女じゃないの。あたしのこと好きだったし、彼とはとってもうまくいってたわ。ちょっと年下だったけど、あたしだって愛してたわよ。そこへあの女が現われたの。あの女も彼が好きになって、あたしから彼を引き離したわ。最初はこそこそ彼に会ってたんだけど、そのうち彼が姿を消しちゃったの。行き先はわかってたから、追っかけてって、二人がいっしょにいるとこを見つけたわ。（机の上手側に座り）それで、あの女にいいたい放題いってやったら、彼が怒り出しちゃってね。彼はもともと暴力団の仲間で、しょっちゅうカミソリなんか持ち歩いてたんだけど、そのカミソリでこのとおり。〝どうだ、これでもう貴様なんか誰も見向きやしねえぞ！〟っていわれたわ。

ウィルフリッド卿　そのことで警察へ行きましたか？

女　あたしが？　まさか。それに彼が悪いんじゃないのよ。ほんとよ。あの女のせいだわ、みんなあの女のせいよ。彼をあたしから引き離して、あたしを憎むように仕向けたんだわ。でも、あたしは時機を待っていたのよ。あの女のあとをつけ回して、ずっと見張ってたの。あたしはね、いまあの女が係り合ってるあることを知ってんのョ。ときどきこっそり会いに行ってる男の住所だってわかってんだから。それでその手紙も手に入ったってわけ。さあ、これだけ話してあげりゃもういいでしょ、先生？（彼女は立ち上がり、顔を前に突きだし、髪をかき上げる）あたしにキスしたい？（ウィルフリッド卿はあとずさりする）無理もないわ。（彼女は上手へと行く）

ウィルフリッド卿　やあ、お気の毒です。ほんとうにお気の毒に思います。メイヒュー、五ポンドないか？

メイヒューは空の財布を振る。

（ウィルフリッド卿は自分のポケットから財布を取り出し、五ポンド札を出して）あのう……あと五ポンド出しますよ。

女　（札をひったくって）出し惜しみしてたのね？　どうせならあと五ポンド出しなさいよ。（とウィルフリッド卿の方に進み出る）

ウィルフリッド卿はメイヒューの方にあとずさりする。

ふん、やっぱり最初からもっとふっかけておくんだった。でも、役に立つでしょ、その手紙？

ウィルフリッド卿　ええ、役に立つと思いますよ、とても役に立つと思います。（メイヒューの方を向き、手紙を差し出し）ほら、この〝ブツ〟を見てみろよ。

女はドアからそっと足早に出ていく。

メイヒュー　筆跡鑑定の専門家に見せましょう、一応大事をとって。必要なら鑑定結果を出してもらってもいいし。

ウィルフリッド卿　そこに書いてある男の苗字《みょうじ》と住所も調べよう。

メイヒュー（あたりを見回し）おや、彼女どこへ行ったんだろう？　帰っちゃ困るな、まだいろいろ細かなことを聞かなきゃならないのに。（と中央へ行く）

ウィルフリッド卿は急いで部屋を出ていく。

ウィルフリッド卿　（奥で、呼ぶ）カーター！　カーター！
カーター　（奥で）なんでしょうか、先生？
ウィルフリッド卿　（奥で）カーター、いまの女の人はどこへ行った？
カーター　（奥で）すっと出ていきましたよ。
ウィルフリッド卿　（奥で）そうか、帰しちゃいけなかったんだが……。グリータに追いかけさせてくれないか。
カーター　（奥で）わかりました。

ウィルフリッド卿は部屋に戻り、メイヒューの上手側へ行く。

メイヒュー　帰っちまったんですか？
ウィルフリッド卿　ああ。グリータにあとを追わせたが、あまり望みはないな、この霧じゃ。失敗したよ。この男の苗字と住所だけは聞いておくんだった。
メイヒュー　聞いても無駄だったでしょうよ。彼女はとても慎重でしたからね。自分の名前もいおうとしなかったし、われわれが手紙に気を取られているると見るや、かき消すようにいなくなってしまうくらいですから。証人席に引っ張り出されるような危険はあえて冒さないでしょう。前のときに、あんな目にあわされているんですからね、その男に。

ウィルフリッド卿　（確信はないが）保護してやれるのに。

メイヒュー　彼女をですか？　それもいつまでできます？　結局はその男か、その男の仲間に捕まってしまいますよ。ここへ来るだけでも、もう危険を冒しているんでしょうから。それに彼女はその男のことは問題にしていませんでしたからね。ただ、ローマイン・ハイルガーを追い求めるだけで……。

ウィルフリッド卿　それにしてもあのローマインはあいにく美しいね。だが、まあ、わたしたちもついに突破口を見つけたわけだ。あとは手続き上……

――幕――

二場

場面　オールド・ベイリー。翌朝。

幕が揚がると、判事の入廷を待つ法廷。レナードと看守は被告人席に着席。弁護人団席の後列上手側の端に二人の弁護人が座っている。ウィルフリッド卿とその補佐も席に着いている。メイヒューはテーブルの上手側に立ちウィルフリッド卿と話をしている。裁判所書記、判事書記、速記者もすでに着席している。客席から姿の見える三人の陪審員も席に着いている。警官は上手後方のドアの前に立ち、廷吏は下手寄り中央にある階段の最上段に立つ。マイアーズ、その補佐官、検事二人が中央後方に入廷。マイアーズはウィルフリッド卿の方へ行き、怒った様子で話しはじめる。マイアーズの補佐官と検事たちは自席に着く。判事席へ通ずるドアをノックする音が三度聞こえる。廷吏は階段を降り、下手寄り中央へ行く。

廷吏　起立！

全員起立する。判事席へのドアから判事と参事官が入廷し、自席に着く。

女王陛下御下命の下に、ただいまより中央刑事裁判所第一法廷を開廷いたします。

判事は法廷に一礼し、一同着席。廷吏は下手前のストゥールに座る。

ウィルフリッド卿　（立ち上がって）裁判長閣下、昨日、休廷が宣せられたのち、本弁護人のもとにいささか驚くべき証拠がもたらされました。その証拠の重大性に鑑《かんが》み、本弁護人、検察側の最後の証人ローマイン・ハイルガーを再喚問いたしたく、裁判長閣下のお許しを願い上げるしだいであります。

書記が立って判事に耳打ちする。

判事　厳密にはいつなんですか、その証拠を入手したのは？

書記は座る。

ウィルフリッド卿　昨夜、休廷されたあとです。

マイアーズ　（立ち上がって）裁判長閣下、検察側といたしましては、ただいまの弁護人の要請に異議を申し立てざるを得ません。検察側はすでに証人喚問を終了いたしており……

ウィルフリッド卿は座る。

判事　マイアーズ君、この件に関する検察側の見解は、慣例上の手続きを遵守して、あとで十分うかがうつもりですから、弁護側の趣意説明が終了するまで待ってください。ウィルフリッド卿、続けてください。

マイアーズは座る。

ウィルフリッド卿　（立ち上がって）裁判長閣下、陪審員の評決が下る前に、被告人にとって重大な証拠を弁護側が入手した場合には、それを容認することはもとより、むしろ歓迎してしかるべきと考えます。幸い、本弁護人の主張の正当性を裏書きする権威ある判例がございます。それは一九二六年のスティルマン事件で、控訴審判

例集四六三頁に明記されております。（と法律書を判事の前に開く）

判事　引用には及びません。その判例はよく知っていますから。それでは検察側の見解を聞きましょう。マイアーズ君、どうぞ。

ウィルフリッド卿は座る。

マイアーズ　（立ち上がって）ありがとうございます、裁判長閣下。さて、検察側といたしましては、弁護側の発議いたしますこの審理手続きの変更は、例外的な事情を除き、まったく前例のないものと考えます。弁護側の申し立てますその〝驚くべき証拠〟とは、そもそもいかなるものなのでありましょうか、まずその点をただしたいと存じます。

ウィルフリッド卿　（立って）書簡です。ローマイン・ハイルガーの自筆の手紙です。

判事　ウィルフリッド卿、その手紙とやらを見せてください。

ウィルフリッド卿とマイアーズは座る。廷吏が立ち上がってウィルフリッド卿の方へ行き、手紙を取り、それを書記に渡す。書記はさらにそれを判事に渡す。判事は手紙を調べる。廷吏は自席に戻る。

マイアーズ　（立ち上がって）弁護側はこの発議を行なう意向を、検察側の入廷後にはじめて明らかにいたしました。したがいまして、検察側といたしましては、判例等を検討いたす機会もまったく与えられなかったのでありますが、本官の記憶するところによりますと、一九三〇年、ポーター事件におきまして……

判事　いや、マイアーズ君、それはポーターではなく、ポッターです。それから一九三〇年ではなく一九三一年の判例です。わたしはあの事件で検事を務めたからよく憶えているんです。

マイアーズ　それでは、もし本官の記憶に誤りがなければ、そのときの閣下の異議申し立ては取り上げられたものと存じますが。

判事　マイアーズ君の記憶には誤りがあります。わたしの異議申し立てはスウィンドン判事によって却下されました。いまあなたの異議申し立てがわたしによって却下されるのと同じケースですね。（マイアーズは座る）

ウィルフリッド卿　（立ち上がって）ローマイン・ハイルガーさんを再喚問いたします。

廷吏が立ち上がり中央前方へ行く。

廷吏　ローマイン・ハイルガーさんを再喚問いたします。

警官はドアを開ける。

警官　（呼ぶ）ローマイン・ハイルガーさん。

判事　この手紙が本物だとすると大問題ですね。（手紙を書記に渡す）

書記は手紙を廷吏に渡し、廷吏はそれをウィルフリッド卿に返す。やや間がある。レナードは非常に動揺しており、看守に話しかけ、それから両手を顔に当てる。廷吏はテーブルの下手側のストゥールに座る。メイヒューが立ってレナードに話しかけ、彼を落ち着かせる。レナードは首を振る。当惑した、不安そうな顔つきである。ローマインが上手後方から入り、証人席に着く。警官がドアを閉める。

ウィルフリッド卿　ハイルガーさん、いまはまだ宣誓中だということはわかっていますね？

ローマイン　はい。

判事　ローマイン・ハイルガーさん、弁護側がさらにお尋ねしたいことがあるというので、再喚問しました。そのつもりで。

ウィルフリッド卿　ハイルガーさん、あなたはマックスという男をご存じですか？

ローマインはその名を聞いてぎくりとする。

ローマイン　どういう意味でしょうか？

ウィルフリッド卿　（愛想よく）どういう意味って、きわめて単純な質問ですよ。マックスという男をご存じかどうかうかがっているだけです。

ローマイン　存じません。

ウィルフリッド卿　ほんとうにご存じありませんか？

ローマイン　はい、マックスというお名前の方は一人も存じ上げておりません。

ウィルフリッド卿　しかし、お国ではごくありふれた名前だと思いますがね。そういう名前の人を一人もご存じないんですか？
ローマイン　（不安げに）ああ、ドイツでは……はい、それならばもしかすると……あまりよく憶えておりません。だいぶ以前のことですので。
ウィルフリッド卿　いや、それほど前のことを思い出していただくことはないんです。ほんの二、三週間前でいいんですよ。そう……（と手紙の一つを取り上げ、それを見せびらかすようにしながら開く）十月十七日ぐらいまで思い出していただければ……。
ローマイン　（ぎくりとして）それはなんですの？
ウィルフリッド卿　手紙です。
ローマイン　なんのお話かさっぱりわかりませんわ。
ウィルフリッド卿　手紙のことですよ。十月十七日付の手紙のことです。その日のことを憶えていらっしゃいますか？
ローマイン　べつに憶えておりませんけれど、なぜでしょうか？
ウィルフリッド卿　その日あなたは、ある手紙をお書きになったんじゃないんですか、マックスという男に当てた手紙を？
ローマイン　いいえ、わたくし、手紙など書いておりません。あなたがおっしゃっていることは嘘ですわ。どういう意味か、わたくしにはわかりかねます。
ウィルフリッド卿　それはかなり長い期間にわたって、同一の男に書かれた一連の手紙のうちの一通です。
ローマイン　（動揺して）嘘です……みんな嘘ですわ！
ウィルフリッド卿　あなたはその男と……（意味ありげに）とても親しい間柄のようですな。
レナード　（立ち上がって）よくもそんなことがいえたもんですね？

看守が立ち上がり、レナードを制止しようとする。

（レナードは看守を振り払い）それは嘘だ！
判事　被告人は静粛に。

レナードと看守は席に戻る。

ウィルフリッド卿　その文通そのものが、どういう性質のものであるかを云々《うんぬん》しているわけではありません。わたしは、その中の特別な一通に関心を持っているだけです。

（手紙を読む）〝愛するマックス。驚くべき異常な出来事が起こりました。わたくしたち二人の悩みもすべて解消するものと思われます……〟

ローマイン　（取り乱してさえぎる）それは嘘です。わたくしが書いたものではありません！　どうやって手にお入れになりましたの？　誰から手に入れたんです？

ウィルフリッド卿　どうやって手に入れたかは、この際関係ありません。

ローマイン　盗んだんですね？　あなたは嘘つきで泥棒です。それとも、誰か女から……？　そうだ、そうなんでしょう？　そうに違いありません。

判事　証人は弁護人の質問にだけ答えるように。

ローマイン　わたくし、もう何もうかがいたくありません。

判事　弁護人は続けてください。

ウィルフリッド卿　まだ書き出しの一節しか読んでいませんが、あなたは、これは自分が書いたものではないというんですね？

ローマイン　わたくし、そんなものは書いておりません。それは偽造したものですわ。そんな嘘を無理やり聞かされるなんて不当です、嫉妬に狂った女がでっち上げた嘘なのに。

ウィルフリッド卿　嘘をついているのはあなたの方でしょう。あなたは法廷で、しかも宣誓したうえで、きわめて悪質な、頑強な嘘をついている。それになぜあなたが嘘をついているか、その理由も、あなたが自らしたためた……（手紙を叩き）この手紙で明らかです。

ローマイン　あなたはどうかなさっているんです。どうしてわたくしがそんなたわごとを書かなければなりませんの？

ウィルフリッド卿　それはあなたの目の前に、自由への道が開けたからですよ。その道を突き進むためには、一人の無実な男が死刑にされることぐらい、あなたにとってはなんでもなかったんでしょう。おまけにその手紙には、さも偶然のように見せかけながら、ハムを切る包丁でレナード・ボウルを傷つけて、最後の仕上げをしたことまで書いてあるじゃありませんか。

ローマイン　（激情のあまりわれを忘れて）そんなことは書きません。レナードは自分でハムを切っていて……（彼女の声はかすれる）

法廷中の視線が彼女に向けられる。

ウィルフリッド卿　(勝ち誇って)それじゃ手紙の内容はご存じなんですね、わざわざわたしが読み上げるまでもなく。
ローマイン　(自制心をすべて投げ棄て)よくも、よくも人をペテンにかけたわね!
レナード　(大声で呼ぶ)女房をそっとしておいてくれ!　いじめないでくれ!
ローマイン　(荒々しく周囲を見回しながら)ここから出して……ここから出してください!　(彼女は証人席から出る)

延吏が立ち上がり、ローマインを制止する。

判事　(廷吏に)証人を座らせなさい。

ローマインはテーブルの下手側のストゥールにがっくりと座りこみ、ヒステリックに泣きじゃくり、両手に顔を埋める。廷吏は上手前へ行き、そこのストゥールに座る。

ウィルフリッド卿、その手紙を読んでくれませんか、陪審員にもわかるように。

ウィルフリッド卿（読む）〝愛するマックス。驚くべき異常な出来事が起こりました。わたくしたち二人の悩みもすべて解消するものと思われます。わたくしも、この国におけるあなたの大事なお仕事を危険にさらす気づかいもなく、自由にお側《そば》にまいれることでしょう。と申しますのは、以前お話しした老婦人が殺され、レナードが疑いをかけられているように思われるからです。彼はその夜、まだ宵《よい》の口に老婦人宅を訪れておりますので、彼の指紋もあちこちに付いていることでしょう。犯行時間は九時半とか……。その時間にはレナードは帰宅していたのですが、そのアリバイを証明し得るのはわたくし、わたくしだけなのです。もし、わたくしが彼の帰宅はもっとあとだったといえば、またそのとき上着に血が付いていたといえば……事実、彼は夕食のとき手首にケガをし、その血が上着の袖に付いているのですが……もし、わたくしがそういいさえすれば、彼は犯人にまさにぴったりなのです。それに、彼がわたくしに犯行を告白したと証言することもできましょう。ああ、愛するマックス！　わたくしに、〝やれ〟と命じてください。ほんとになんとすばらしいことでしょう、情愛深い、つねに感謝の気持を持ち続ける妻の芝居から解放されることは。わたくしたちの掲げる主義主張と、党の指導方針を優先させなければならないことはわかっていますが、でも、もしレナードが殺人罪で有罪になれば、わたくしはなんの不安もなくあなたの許《もと》にまいれますし、いつもいっしょにいることもできるのです。あなたの愛するローマインより〟

判事　ローマイン・ハイルガーさん、証人席に戻っていただけますか？

ローマインは立ち上がり、証人席に入る。

いまの手紙、聞きましたね。何かいうことはありませんか？

ローマイン　（敗北によって凍りついたようになり）何も。

レナード　ローマイン、お前が書いたんじゃないっていってやれ。おれにはわかってるんだ、お前が書いたんじゃないって。

ローマイン　（振り向いて、はっきりと、言葉を吐きすてるように）わたくしが書いたのよ。

ウィルフリッド卿　裁判長閣下、弁護側の反対尋問を終わります。

判事　ウィルフリッド卿、その手紙のあて先ですがね、その人物については何かわかっていますか？

ウィルフリッド卿　いいえ、この手紙は匿名で本弁護人の手許に寄せられたもので、細部にわたる事実を確認する時間がありませんでした。しかし、この男はわが国に不法入国いたし、なんらかの破壊活動にたずさわっているかに見え……

ローマイン　彼のことは絶対におわかりになりませんわ、絶対に。わたくしはどんな目にあわされようとかまいません。口がさけても彼のことだけは申し上げませんから。

判事　再尋問はしますか、マイアーズ君？

ウィルフリッド卿は座る。

マイアーズ　（ややバツが悪そうに立ち上がり）ありがとうございます、裁判長閣下。この驚くべき進展に鑑《かんが》み、再尋問もいささか困難であろうかと存じますが、（ローマインに）ハイルガーさん、あなたはいま、きわめて神経が高ぶっておいででしょう。わが国の法廷で宣誓を行なった場合に生ずる責任が、外国人であるあなたには、よくおわかりになっていないのかもしれない。そこで、もし、何者かに脅迫されて、事実にあらざることを認めたのなら、もし、なんらかの圧力を受け、あるいは、尋常ならざる精神状態において、あの手紙をお書きになったのならば、いますぐ躊躇《ちゅうちょ》することなくそうおっしゃっていただきたい。

ローマイン　このうえなお尋問を続けて、このうえなおわたくしを苦しめなければなりませんの？　もう引き取らせてください。

マイアーズ　裁判長閣下、証人はきわめて動揺しており、自己の発言にも責任を取りかねる状態と見受けます。

判事　検察側もご記憶でしょう、この証人には先の尋問の際に、弁護人が厳重に警告を与え、宣誓というものがいかに神聖なものであるか、強く印象づけています。

マイアーズは座る。

ハイルガーさん、本官からも警告しておきますが、この問題はこれだけではすみません。わが国では、法廷で偽証した場合には、その償いをしなければならないのです。偽証罪に対する訴訟手続きはすぐ取られるでしょう。厳しい判決が下るかもしれませんよ、証人席から退《さ》がって結構です。

ローマインは証人席から退がる。警官はドアを開ける。ローマインは退場する。警官はドアを閉める。

ウィルフリッド卿、被告側の最終弁論をどうぞ。

ウィルフリッド卿　（立ち上がって）陪審員のみなさん、天網恢恢《かいかい》疎にして漏らさず、真実というものは自《おの》ずから明らかにされるものであります。弁護人といたしましては、もう何も付け加えるべきことはございません。被告人が申し述べました率直な陳述、彼を罪に陥《おとしい》れんとした悪辣《あくらつ》きわまる試み、みなさんがたったいま目撃なさった証拠、これらはみなさんを強く印象づけ……

ウィルフリッド卿の弁論の間に照明は溶暗となり、やがてブラック・アウト。二、三秒後にふたたび照明が入る。陪審員は審理を終え、丁度戻ってきたところ。

裁判所書記　（立ち上がって）被告人は立ってください。

レナードは立つ。

陪審員のみなさん、全員、評決に異存ありませんか？

陪審員長　（立ったまま）全員一致です。

裁判所書記　それでは陪審員の評決をどうぞ。

陪審員長　無罪です。

それを是とするどよめきが法廷中に起こる。

廷吏　（立ち上がって中央前に行き）静粛に！

判事　レナード・ボウル、あなたは十月十四日におけるエミリー・フレンチ殺害事件に関して無罪となりました。これによってあなたは身柄を釈放され、法廷から自由に退廷できます。（判事は立ち上がる）

全員起立する。判事は法廷に一礼し、下手後方から退場。参事官、判事書記がそれに続く。

廷吏　女王陛下御下命の中央刑事裁判所第一法廷は、審理終了によりこれにて閉廷いたします。

廷吏、陪審員、速記者は下手前から退場。弁護士、検事、補佐、裁判所書記は中央後方から退場。看守、警官は上手後方から退場。レナードは被告席から出てメイヒューに近づく。

メイヒュー　やあ、レナード君、おめでとう！
レナード　なんてお礼をいったらいいのか……
メイヒュー　（如才《じょさい》なくウィルフリッド卿を指して）それより先生にお礼をいわなきゃ……

レナードはウィルフリッド卿に会おうと中央へ行くが、マイアーズと顔を合わせてしまう。マイアーズは彼をにらみつけ、上手後方から退場する。ウィルフリッド卿がレナードの下手側に来る。

レナード　（ウィルフリッド卿の方へ振り向いて）ありがとうございました、先生。

（彼の調子はメイヒューに対するときほど自然ではない。ウィルフリッド卿を嫌っているかのように見える）おかげで……おかげでどうやら助かりました。
ウィルフリッド卿　どうやら助かった！　おい、聞いたか、メイヒュー？　レナード君、もう一切終わったんだよ、すべて解決だ。
メイヒュー　（レナードの上手側に行きながら）しかし、ほんとに危ないところだったんだぞ。
レナード　（不本意ながら）ええ、そうでしょうね。
ウィルフリッド卿　あの女を攻略できなかったら……
レナード　でも、あんなふうにやらなきゃならなかったんですか？　あいつ、ひどくメチャメチャにやられちゃって……。おれ、信じられません。
ウィルフリッド卿　（人格の力を最大限に発揮して）いいかい、レナード君、わたしは君のような青年をいくらも知っているんだ。女にひどく夢中になって、その女のほんとうの姿が見えなくなっている青年をね。あの女は全力を挙げて、きみの首にロープを巻きつけようとしたんだよ。
メイヒュー　そうさ、それを忘れてはいけないな。
レナード　ええ。でも、なぜなんでしょう？　おれにはどうにもわからないんですよ。

ローマインは、いつもおれをすごく愛してるみたいだったのに。ほんとに誓ってもいいです、あいつはおれを愛していたって。それなのに、そんなやつとしょっちゅうつきあってたなんて……(首を振り)ああ、信じられない……なんかあるんだ、おれにはわかんないなんかあるんだ。

看守が上手後方から入り、テーブルの上手側へ行く。

看守　あと二、三分お待ちください。裏口からそっとお車までご案内いたしますから。

レナード　まだそんなに大勢人がいるんですか?

ローマインが警官に守られ、上手後方から入る。

警官　(戸口で)ここで待っていた方がいいですよ。みんなだいぶ荒れていますからね。これから行って散らしてきますから、帰るのはそれからの方がいいですよ。

ローマイン　(テーブルの上手前に行きながら)どうも。

警官と看守は上手後方から退場。ローマインはレナードの方へ行く。

ウィルフリッド卿　(ローマインをさえぎり)いけません。

ローマイン　(面白そうに)わたくしからレナードを守るおつもり？　ご心配にはおよびませんわ。

ウィルフリッド卿　あれだけ傷つければもう十分でしょう。

ローマイン　〝釈放されておめでとう〟というだけでもいけませんの？

ウィルフリッド卿　お断わりしたいですね。

ローマイン　お金持にもなったし……

レナード　(意味がよくわからず)金持に？

メイヒュー　ああ、そうさ、きみは莫大な財産を相続することになると思うよ。

レナード　(子供っぽく)金なんてもうどうでもよくなっちゃったな、あんなことがあってみると。それより、ローマイン、おれにはわからないよ……

ローマイン　(穏やかに)レナード、これにはわけがあるの。

ウィルフリッド卿　やめてください。

ウィルフリッド卿とローマインはたがいに敵対者らしく見つめ合う。

ローマイン　あのう……判事さんがおっしゃっていたのは、わたくしが刑務所に入れられるということでしょうか？

ウィルフリッド卿　あなたは間違いなく偽証罪で告訴されるでしょうし、その裁きを受けなければなりませんね。たぶん、刑務所へ行くことになるでしょう。

レナード　（ぎごちなく）だいじょうぶだよ……みんなうまくいくさ。心配ないよ、ローマイン。

メイヒュー　レナード君、一体いつになったらわかるんだい？　そんなことより、もっと現実的な問題を考えなきゃならないんだよ、遺言検証《いごん》の件なんだがね……

メイヒューはレナードを下手前方に引っ張っていき、そこでこそこそ話し合う。ウィルフリッド卿とローマインはたがいに相手を見定めながらその場に残る。

ウィルフリッド卿　わたしはね、最初にお会いしたときに、あなたは一体どういう人だろうと、いろいろ考えたんです。それから、あなたの目論見《もくろみ》を粉砕しようと決意しました。どうやらうまくいきましたよ。わたしは彼を無罪にしました、あなたにはお気の毒ですがね。

ローマイン　気の毒……わたくしに？

ウィルフリッド卿　あなただって否定はしないでしょう、レナードを死刑にするために全力を尽くしたということは？

ローマイン　みなさんは信用してくださったでしょうか、もしわたくしが〝レナードはあの晩わたくしといっしょに家におりました、外には出ておりません〟と申し上げていたとしたら？　みなさん、信用してくださったでしょうか？

ウィルフリッド卿　（やや困ったように）しないわけはないでしょうな？

ローマイン　もし、そう申し上げていたら、みなさんは心の中でこうつぶやいていたことでしょう。〝この女はあの男を愛している。あの男のためならなんでもいうし、なんでもするだろう〟そうして、みなさん、わたくしに同情してくださったでしょうけれど、でも、決して信じてはくださらなかったはずですわ。

ウィルフリッド卿　もしあなたが真実を語っていれば、みんなも信用したはずです。

ローマイン　そうでしょうか？　（間を置く）わたくし、同情はしていただきたくなかったんです。むしろ、嫌われて、疑われて、嘘つきだと思っていただきたかったんです。そうすれば、わたくしの嘘が打ち崩されたとたんに、みなさん、信用してくださいますもの。（ウィルフリッド卿の事務所を訪れた女の口調で）さあこれだけ話してあげりゃもういいでしょ、先生？　あたしにキスしたい？
ウィルフリッド卿　（びっくり仰天して）あっ……！
ローマイン　（もとの彼女に戻り）そうです、あの手紙を持っていった女ですわ。あれはわたくしが書きましたの。持っていったのもわたくし。あのときの女はわたくしでしたのよ。レナードの自由を勝ち取ったのはあなたではありません。わたくしです。しかも、そのためにわたくしは刑務所へ行くことになります。（目を閉じて）でも、やがてはまたレナードといっしょになれるんです。二人で幸せに……おたがいに愛し合いながら……。
ウィルフリッド卿　（感動して）ほう……そうだったんですか……。しかし、あなたはわたしも信じられなかったんですか？　わが国の司法制度は、あくまでも真実を擁護するものであると、われわれは信じています。現に彼の無罪を勝ち取ったではありませんか。
ローマイン　一か八《ばち》かやってみるというわけにはいかなかったんです。（ゆっくりと）

とにかく、先生は彼が無実だとお考えになっていらしたようですし……

ウィルフリッド卿 （早のみこみをして）それにあなたは彼の無実を知っていた。わかりますよ。

ローマイン いいえ、先生は少しもわかってはいらっしゃらないんですわ。わたくし、あの人がやったと知っていましたの。

ウィルフリッド卿は愕然《がくぜん》とする。

ウィルフリッド卿 しかし、あなた、恐ろしくはないんですか？

ローマイン 恐ろしい？

ウィルフリッド卿 一生、人殺しなんかと係り合ったりして？

ローマイン まるでおわかりになっていらっしゃいませんのね。わたくしたちはおたがいに愛し合っているんです。

ウィルフリッド卿 わたしははじめてお会いしたときに、〝あなたはとても珍しい女性ですね〟と申し上げた。いまもその考えに変わりはありませんよ。

ウィルフリッド卿は上手後方から退場する。

看守　（上手後方奥で）入ってもなんにもなりませんよ。もう閉廷しましたから。

上手後方奥で騒ぎがあり、やがて若い娘がかけ込んでくる。彼女はとても若いイチゴ・ブロンドで、むきだしの、きわだった魅力を備えている。彼女は弁護人団席の前列を通りぬけてレナードに走り寄り、下手寄り中央で彼と出会う。

若い娘　レナード、すてき、釈放になったのね。（とレナードに抱きつく）ほんとによかったじゃん？　あたしのこと入れてくれなかったのよ。でも、大変だったわね、あたし、もう気が狂いそうになっちゃった。

ローマイン　（突然、激しく厳しい口調で）レナード……誰なの……この人？

若い娘　（ローマインに、反抗的に）あたし、レナードの恋人よ。あんたのことはみんな知ってる。あんたはレナードの奥さんなんかじゃないわ。一度も奥さんになったことなんてないじゃん。（ローマインの下手側へ行き）彼よりずっと年上だしさ、彼のことを押さえつけてるだけじゃん。それでもって、彼のこと死刑にしようって、一生懸命がんばっちゃってさ。でも、もうおしまいよ。（レナードの方を向いて）二人で海外旅行へ行っちゃお、このあいだ旅行社で話してたみたいにさ。あれさ、すごいとこばっかしだったじゃん。すてきだろうな！

ローマイン　これ……ほんとうなの？　この人……あなたの恋人なの、レナード？

レナードは躊躇《ちゅうちょ》する。やがて、事態を認めざるを得ないと決意する。

レナード　ああ、そうなんだ。

若い娘はレナードの後ろを回って、彼の下手側へ行く。

ローマイン　あなたにはこれほどまでにしてあげたのに……その人に何ができて……わたくしがあなたにしてあげたようなことが、その人にできて？

レナード　（態度がガラリと変わり、正体を現わし、粗野な獣性をむき出しにして）この娘はな、お前なんかより十五も若いんだよ。（と笑う）

ローマインは殴られでもしたかのようにたじろぐ。

（レナードはローマインの下手側へ行き、脅やかすように）金は手に入った。一度無罪になりゃもう裁判にかけられることもねえんだ。だからもうベラベラしゃべりまくるのはやめろ。さもないとお前も共犯で縛り首にされるのがオチだぜ。（彼は若い娘の方を向き、彼女を抱く）

ローマインはテーブルから包丁を取る。

ローマイン　（突然、威厳をもって頭をぐいともたげ）いいえ、そうはならないわ。わたくしが共犯で裁かれることはないわよ。偽証罪で裁かれることもないわ、わたくしが裁かれるのは、殺人罪……（と彼女はレナードの背を刺す）……わたくしがかつて愛したたった一人の男を殺した罪よ。

レナードは倒れる。若い娘は絶叫する。メイヒューはレナードに屈みこみ、彼の脈を取り、やがて首を振る。

（ローマインは判事席を見上げ）裁判長、わたくしは有罪でございます。

――幕――

一転、二転、三転の逆転劇

元ミステリマガジン編集長
菅野圀彦

ミステリとの出会いは、必ずしも本だけとはかぎらない。映画やTVドラマを通して忘れがたいミステリに出会うこともある。

私の場合は、運よく中二から高一にかけてつぎつぎとすぐれたミステリ映画と出会うことができた。この時期に観た《マダムと泥棒》《情婦》《十二人の怒れる男》《死刑台のエレベーター》は、ずっとのちにミステリ映画のベストテンを挙げるようにいわれたときにベスト五に入れたほどすばらしい作品だった。これらの映画から私はミステリのおもしろさの何たるかを教わったような気がする。

まだ感受性がしなやかなで印象が強烈だったということもあるだろうが、前記のアンケートを集めて作られた『ミステリー・サスペンス映画ベスト150』（文春文庫、一九九一)でこれらの作品は、三六位、七位、八位、五位を占めているから、あながち私の主観ばかりでなく客観的にも名画だったといえるだろう。

そのうちの《情婦》(ビリー・ワイルダー監督、米五七年製作、五八年日本公開)は、本戯曲『検察側の証人』の映画化作品である。勅選弁護士ウィルフリッド・ロバーツ卿をチャールズ・ロートン、被告人レナード・ボウルをタイロン・パワー、その妻ローマインをマレーネ・デートリッヒと当時のそうそうたるスターが演じていた。

すごいどんでん返しがある映画と前々から評判で、ポスターや新聞広告には「結末は決して話さないで下さい」というような宣伝文句が刷りこまれていた。

したがって最初からどんでん返しを期待して観にいったはずなのだが、それでもすべてが根底からひっくり返るようなどんでん返しにびっくりさせられた。

まず裁判が意外な展開を見せ、一件落着となる。この結末だけでも結構満足なのだが、裁判が終わった後で、これまでの白と黒が逆転するようなどんでん返しがくる。ああ、これが宣伝文句でいっていたどんでん返しなんだと納得したとたん、さらにそれをまた否定するようなどんでん返しが待っていたのだ。一転、二転、三転の逆転劇に年若い観客の私はすっかり興奮して劇場を出たのだった。

玄人筋ではチャールズ・ロートンの演技が賞賛されていたようだったが、私はデートリッヒが気に入ってしまって、この女優の似顔絵を描いたりした。

のちにクリスティーの短篇集『死の猟犬』で「検察側の証人」を読んで、ウィルフリッド卿より事務弁護士メイヒューが中心的役割を担っていることや結末が映画と違うことに物足りない思いをした。あの最後のどんでん返しはワイルダー監督の創意だったのだと思いこんで、その後《お熱いのがお好き》《アパートの鍵貸します》《シャーロック・ホームズの華麗な冒険》等でファンになったこの監督への尊敬の念を深くした。

しかし戯曲を読んでみると、それは間違いであって、映画的表現のふくらみは付け加えられているものの、《情婦》はクリスティーの戯曲『検察側の証人』のかなり忠実な映画化であることがわかった。もちろん最後のどんでん返しは、クリスティー自身が考えたものである。

もっともこの新しい結末が実現するまでには、作者の周囲でそうとうの抵抗があったらしい。誰もがちがった結末を望み、むしろ短篇の結末のほうがいいと主張した。「わたしはめったにものに固執しない、いつも充分な確信もない。しかしここでは確信があった。あの結末を必要として望んだ。その必要を望むあまり、それなしではこの劇の上演にも応じたくなかった」と、結末をめぐる〝戦い〟についてクリスティーは『自伝』で述べている。

第二次世界大戦中、空襲を受けるロンドンに居残ったクリスティーは、毎年の新作以外に死後発表予定の『カーテン』『ミス・マープル最後の事件』を書き上げ、さらに普通小説『春にして君を離れ』、中近東での生活を記録した『さあ、あなたの暮らしぶりを話して』を完成させるという信じがたい創作意欲を見せた。戦後も新作ミステリ以外のものを書きたいという創作意欲は衰えず、その対象となったのが戯曲の分野だった。戦前から試みられていた戯曲への取り組みは、一九五〇年代にはクリスティーの三大傑作戯曲ともいうべき『ねずみとり』（五二年）『検察側の証人』（五三年）『蜘蛛の巣』（五四年）の発表へと結実する。

本戯曲はロンドンの名高いオールド・ベイリー（中央刑事裁判所）を舞台にした法廷劇であるだけに、クリスティーは〝物笑いの種にならないように〟と、分厚い裁判記録を読み、事務弁護士と法廷弁護士のチェックをなんども受け、慎重を期した。ところが、劇のリハーサルを観た弁護士の一人から手厳しい批判が出た。その弁護士いわく「わたしの考えでは、これは全部まちがいですね、……このような裁判ですと、すくなくとも三日か四日はかかります」

『検察側の証人』は『ねずみとり』と同じくピーター・ソーンダースがプロデュースし、演出ウォレン・ダグラスで、一九五三年一〇月二八日、ロンドンのウィンター・ガーデン・シアターで初演となった。劇の初日は作者にとってたいがいみじめで不安なものだが、『『検察側の証人』の初日はみじめではなかった。これは自作の劇の中でもっとも好きな一つである。わたしはこの劇に他のどれよりも満足している……』と、ほとんど自慢することのないクリスティーがめずらしく『自伝』の中で、観客の喝采に包まれ、サインをねだられたこの劇の初日の晴れがましい喜びを伝えている。

『検察側の証人』はロンドンで大成功を収めただけでなく、ニューヨークで演劇批評家協会のその年の最優秀外国作品賞を受け、ロンドンを上まわる六四六回もの上演をはたし、ワイルダー監督による映画化へと発展していくのである。

同じ題名「検察側の証人」の短篇と戯曲ではあるが、二つは別の作品と考えた方がいいようだ。短篇から戯曲に変更が加えられ書き直されることによって、ストーリーの力点が変ってきているからだ。狡知にたけたトリック物語から、三人のキャラクター、法廷弁護士ウィルフリッド・ロバーツ卿、被告人レナード・ボウル、その妻ローマインの対決の物語へと変貌しているように思われる。弁護側と検察側の緊迫したやりとりのある法廷劇としての醍醐味とともに、キャラクター劇として楽しめる骨太の構成になっている。

最後に英国の刑事裁判は、被告人はソリシター（事務弁護士）に事件担当を依頼し、ソリシターがバリスター（法廷弁護士）を選んで法廷で弁論してもらうことや、検事局や検察局といったものはなく、容疑者の起訴は公訴局が行うなど独特なものであるが、本作品の訳語は日本の読者にわかりやすいように、その役目に該当する日本の職名をあてている。

世界中で上演されるクリスティー作品

〈戯曲集〉

劇作家としても高く評価されているクリスティー。初めて書いたオリジナル戯曲は一九三〇年の『ブラック・コーヒー』で、名探偵ポアロが活躍する作品であった。ロンドンのスイス・コテージ劇場で初演を開け、翌年セント・マーチン劇場へ移された。一九三七年、考古学者の夫の発掘調査に同行していた時期にオリエントに関する作品を次々執筆していたクリスティーは、戯曲でも古代エジプトを舞台にしたロマン物語『アクナーテン』を執筆した。その後、『そして誰もいなくなった』、『死との約束』、『ナイルに死す』、『ホロー荘の殺人』など自作長篇を脚色し、順調に上演されてゆく。一九五二年、オリジナル劇『ねずみとり』がアンバサダー劇場で幕を開け、現在まで演劇史上類例のないロングランを記録する。この作品は、伝承童謡をもとに、一九四七年にクイーン・メアリの八十歳の誕生日を祝うために書かれたＢＢＣ放送のラジオ・ドラマを舞台化したものだった。カーテン・コールの際の「観客のみなさま、どうかこのラストのことはお帰りになってもお話しにならないでください」の一節はあまりにも有名。一九五三年には『検察側の証人』がウィンター・ガーデン劇場で初日を開け、その後、ニューヨークでアメリカ劇評家協会の海外演劇部門賞を受賞する。一九五四年の『蜘蛛の巣』はコミカルなタッチのクライム・ストーリーという新しい展開をみせ、こちらもロングランとなった。

クリスティー自身も観劇も好んでいたため、『ねずみとり』は初演から十年がたった時点で四、五十回は観ていたという。長期にわたって劇のプロデューサーをつとめたピーター・ソンダーズとは深い信頼関係を築き、「自分の知らない芝居の知識を教えてもらった」と語っている。

65 ブラック・コーヒー
66 ねずみとり
67 検察側の証人
68 蜘蛛の巣
69 招かれざる客
70 海浜の午後
71 アクナーテン

灰色の脳細胞と異名をとる

〈名探偵ポアロ〉シリーズ

本名エルキュール・ポアロ。イギリスの私立探偵。元ベルギー警察の捜査員。卵形の顔とぴんとたった口髭が特徴の小柄なベルギー人で、「灰色の脳細胞」を駆使し、難事件に挑む。『スタイルズ荘の怪事件』（一九二〇）に初登場し、友人のヘイスティングズ大尉とともに事件を追う。フェアかアンフェアかとミステリ・ファンのあいだで議論が巻き起こった『アクロイド殺し』（一九二六）、イニシャルのABC順に殺人事件が起きる奇怪なストーリーが話題をよんだ『ABC殺人事件』（一九三六）、閉ざされた船上での殺人事件を巧みに描いた『ナイルに死す』（一九三七）など多くの作品で活躍し、最後の登場になる『カーテン』（一九七五）まで活躍した。イギリスだけでなく、イラク、フランス、イタリアなど各地で起きた事件にも挑んだ。

映像化作品では、アルバート・フィニー（映画《オリエント急行殺人事件》）、ピーター・ユスチノフ（映画《ナイル殺人事件》）、デビッド・スーシェ（TVシリーズ）らがポアロを演じ、人気を博している。

1 スタイルズ荘の怪事件
2 ゴルフ場殺人事件
3 アクロイド殺し
4 ビッグ4
5 青列車の秘密
6 邪悪の家
7 エッジウェア卿の死
8 オリエント急行の殺人
9 三幕の殺人
10 雲をつかむ死
11 ABC殺人事件
12 メソポタミヤの殺人
13 ひらいたトランプ
14 もの言えぬ証人
15 ナイルに死す
16 死との約束
17 ポアロのクリスマス
18 杉の柩
19 愛国殺人
20 白昼の悪魔
21 五匹の子豚
22 ホロー荘の殺人
23 満潮に乗って
24 マギンティ夫人は死んだ
25 葬儀を終えて
26 ヒッコリー・ロードの殺人
27 死者のあやまち
28 鳩のなかの猫
29 複数の時計
30 第三の女
31 ハロウィーン・パーティ
32 象は忘れない
33 カーテン
34 ブラック・コーヒー〈小説版〉

好奇心旺盛な老婦人探偵
〈ミス・マープル〉シリーズ

本名ジェーン・マープル。イギリスの素人探偵。ロンドンから一時間ほどのところにあるセント・メアリ・ミードという村に住んでいる、色白で上品な雰囲気を漂わせる編み物好きの老婦人。村の人々を観察するのが好きで、そのうちに直感力と観察力が発達してしまい、警察も手をやくような難事件を解決するまでになった。新聞の情報に目をくばり、村のゴシップに聞き耳をたて、それらを総合して事件の謎を解いてゆく。家にいながら、あるいは椅子に座りながらゆったりと推理を繰り広げることが多いが、敵に襲われるのもいとわず、みずから危険に飛び込んでいく行動的な面ももつ。

長篇初登場は『牧師館の殺人』（一九三〇）。「殺人をお知らせ申し上げます」という衝撃的な文章が新聞にのり、ミス・マープルがその謎に挑む『予告殺人』（一九五〇）や、その他にも、連作短篇形式をとりミステリ・ファンに高い評価を得ている『火曜クラブ』（一九三二）、『カリブ海の秘密』（一九六四）とその続篇『復讐の女神』（一九七一）などに登場し、最終作『スリーピング・マーダー』（一九七六）まで、息長く活躍した。

35 牧師館の殺人
36 書斎の死体
37 動く指
38 予告殺人
39 魔術の殺人
40 ポケットにライ麦を
41 パディントン発4時50分
42 鏡は横にひび割れて
43 カリブ海の秘密
44 バートラム・ホテルにて
45 復讐の女神
46 スリーピング・マーダー

名探偵の宝庫

〈短篇集〉

クリスティーは、処女短篇集『ポアロ登場』（一九二三）を発表以来、長篇だけでなく数々の名短篇も発表し、二十冊もの短篇集を発表した。ここでもエルキュール・ポアロとミス・マープルは名探偵ぶりを発揮する。ギリシャ神話を題材にとり、英雄ヘラクレスのごとく難事件に挑むポアロを描いた『ヘラクレスの冒険』（一九四七）や、毎週火曜日に様々な人が例会に集まり各人が体験した奇怪な事件を語り推理しあうという趣向のマープルものの『火曜クラブ』（一九三二）は有名。トミー&タペンスの『おしどり探偵』（一九二九）も多くのファンから愛されている作品。

また、クリスティー作品には、短篇にしか登場しない名探偵がいる。心の専門医の異名を持ち、大きな体、禿頭、度の強い眼鏡が特徴の身上相談探偵パーカー・パイン（『パーカー・パイン登場』一九三四、など）は、官庁で統計収集の事務を行なっていたため、その優れた分類能力で事件を追う。また同じく、ハーリ・クィンも短篇だけに登場する。心理的・幻想的な探偵譚を収めた『謎のクィン氏』（一九三〇）などで活躍する。その名は「道化役者」の意味で、まさに変幻自在、現われてはいつのまにか消え去る神秘的不可思議的な存在として描かれている。恋愛問題が絡んだ事件を得意とするというユニークな特徴をもっている。

ポアロものとミス・マープルものの両方が収められた『クリスマス・プディングの冒険』（一九六〇）や、いわゆる名探偵が登場しない『リスタデール卿の謎』（一九三四）や『死の猟犬』（一九三三）も高い評価を得ている。

バラエティに富んだ作品の数々

〈ノン・シリーズ〉

名探偵ポアロもミス・マープルも登場しない作品の中で、最も広く知られているのが『そして誰もいなくなった』（一九三九）である。マザーグースになぞらえて殺人事件が次々と起きるこの作品は、不可能状況やサスペンス性など、クリスティーの本格ミステリ作品の中でも特に評価が高い。日本人の本格ミステリ作家にも多大な影響を与え、多くの読者に支持されてきた。

その他、紀元前二〇〇〇年のエジプトで起きた殺人事件を描いた『死が最後にやってくる』（一九四四）、『チムニーズ館の秘密』（一九二五）に出てきたロンドン警視庁のバトル警視が主役級で活躍する『ゼロ時間へ』（一九四四）、オカルティズムに満ちた『蒼ざめた馬』（一九六一）、スパイ・スリラーの『フランクフルトへの乗客』（一九七〇）や『バグダッドの秘密』（一九五一）などのノン・シリーズがある。

また、メアリ・ウェストマコット名義で『春にして君を離れ』（一九四四）をはじめとする恋愛小説を執筆したことでも知られるが、クリスティー自身は四半世紀近くも関係者に自分が著者であることをもらさないよう箝口令をしいてきた。これは、「アガサ・クリスティー」の名で本を出した場合、ミステリと勘違いして買った読者が失望するのではと配慮したものであったが、多くの読者からは好評を博している。

72 茶色の服の男
73 チムニーズ館の秘密
74 七つの時計
75 愛の旋律
76 シタフォードの秘密
77 未完の肖像
78 なぜ、エヴァンズに頼まなかったのか?
79 殺人は容易だ
80 そして誰もいなくなった
81 春にして君を離れ
82 ゼロ時間へ
83 死が最後にやってくる
84 忘られぬ死
86 暗い抱擁
87 ねじれた家
88 バグダッドの秘密
89 娘は娘
90 死への旅
91 愛の重さ
92 無実はさいなむ
93 蒼ざめた馬
94 ベツレヘムの星
95 終りなき夜に生れつく
96 フランクフルトへの乗客

冒険心あふれるおしどり探偵

〈トミー&タペンス〉

本名トミー・ベレズフォードとタペンス・カウリイ。『秘密機関』(一九二二)で初登場。心優しい復員軍人のトミーと、牧師の娘で病室メイドだったタペンスのふたりは、もともと幼なじみだった。長らく会っていなかったが、第一次世界大戦後、ふたりはロンドンの地下鉄で偶然にもロマンチックな再会をはたす。お金に困っていたので、まもなく「青年冒険家商会」を結成した。この後、結婚したふたりはおしどり夫婦の「ベレズフォード夫妻」となり、共同で探偵社を経営。事務所の受付係アルバートとともに事務所を運営している。トミーとタペンスは素人探偵ではあるが、その探偵術は、数々の探偵小説を読破しているので、事件が起こるとそれら名探偵の探偵術を拝借して謎を解くというユニークなものであった。

『秘密機関』の時はふたりの年齢を合わせても四十五歳にもならなかったが、

最終作の『運命の裏木戸』（一九七三）ではともに七十五歳になっていた。青春時代から老年時代までの長い人生が描かれたキャラクターで、クリスティー自身も、三十一歳から八十三歳までのあいだでシリーズを書き上げている。ふたりの活躍は長篇以外にも連作短篇『おしどり探偵』（一九二九）で楽しむことができる。

ふたりを主人公にした作品が長らく書かれなかった時期には、世界各国の読者からクリスティーに「その後、トミーとタペンスはどうしました？ いまはなにをやってます？」と、執筆の要望が多く届いたという逸話も有名。

47 秘密機関
48 NかMか
49 親指のうずき
50 運命の裏木戸

訳者略歴　1936年生，学習院大学大学院卒，85年没　英米文学翻訳家　訳書『蜘蛛の巣』クリスティー（早川書房刊）他

検察側《けんさつがわ》の証人《しょうにん》

〈クリスティー文庫67〉

二〇〇四年五月十五日　発行
二〇二一年五月十五日　六刷

（定価はカバーに表示してあります）

著者　アガサ・クリスティー
訳者　加《か》藤《とう》恭《きょう》平《へい》
発行者　早川　浩
発行所　株式会社　早川書房

郵便番号一〇一-〇〇四六
東京都千代田区神田多町二ノ二
電話　〇三-三二五二-三一一一
振替　〇〇一六〇-三-四七七九九
https://www.hayakawa-online.co.jp

乱丁・落丁本は小社制作部宛お送り下さい。
送料小社負担にてお取りかえいたします。

印刷・株式会社亨有堂印刷所　製本・株式会社明光社
Printed and bound in Japan
ISBN978-4-15-130067-7 C0197

本書は活字が大きく読みやすい〈トールサイズ〉です。